无名咖啡馆

每个无名者都是时代的注脚

[奥地利]罗伯特·泽塔勒 著
刘秋叶 译

民主与建设出版社
·北京·

© 民主与建设出版社，2025

图书在版编目（CIP）数据

无名咖啡馆 /（奥）罗伯特·泽塔勒著；刘秋叶译.
北京：民主与建设出版社，2025.3. -- ISBN 978-7
-5139-4821-0

Ⅰ. I521.45
中国国家版本馆 CIP 数据核字第 2024VG4328 号

© by Ullstein Buchverlage GmbH, Berlin. Published in 2023 by Claassen Verlag.

著作权登记号　图字：01-2025-0144 号

无名咖啡馆
WUMING KAFEIGUAN

著　　者	［奥地利］罗伯特·泽塔勒
译　　者	刘秋叶
责任编辑	王　倩
策划编辑	薛　静　李逸飞
封面设计	曾冯璇
出版发行	民主与建设出版社有限责任公司
电　　话	（010）59417749　59419778
社　　址	北京市朝阳区宏泰东街远洋万和南区伍号公馆4层
邮　　编	100102
印　　刷	文畅阁印刷有限公司
版　　次	2025年3月第1版
印　　次	2025年3月第1次印刷
开　　本	787毫米×1092毫米　1/32
印　　张	7.75
字　　数	116千字
书　　号	ISBN 978-7-5139-4821-0
定　　价	68.00元

注：如有印、装质量问题，请与出版社联系。

1

周一凌晨四点半，罗伯特·西蒙从他和战争遗孀——老妇人玛尔塔·波尔一起居住的公寓中走出来。

这是一九六六年的夏末，这一年，西蒙三十一岁。他独自吃过早饭——两个鸡蛋、抹了黄油的面包和黑咖啡，而此时老妇人还在睡觉，他听到了从她房间里传来的轻微呼噜声。他喜欢这个声音，它让他感到莫名的触动，有时他还会往门缝里瞥一眼，他感觉在门后的黑暗里能看到她大大张开的鼻孔。

在街道上，风迎面吹来。如果风从南面来，便会带着市场上的臭味，那是垃圾和烂掉的水果的气味。但今天是西风，空气清新凉爽。西蒙穿过有轨电车公司退休人员居住的灰色住宅区，走过施内魏斯铁皮加工店，又路过一排都还没开门的商店。他从马尔茨街转向利奥波德街，横穿过席夫阿穆茨街，最后转入窄小的海德巷。他在拐角处停下，想看一眼曾经的市场咖啡馆的餐厅。他用额头抵着窗玻璃，眯起眼睛打量着房子里面：黑色的大吧台前堆叠着桌椅；墙纸褪色，有几处隆起，看上去像是墙面上长出了几张面孔。墙需要呼吸，西蒙想，得开几天窗户，然后他才能刷墙。里面充满了腐烂污物和潮气，以及灰尘和旧日的影子。他把自己推离窗玻璃，转过身去，走到通往市场的路的另一侧，约翰内斯·贝尔格正在响亮的咔嗒咔嗒声中升起他肉铺的卷帘门。

"早上好！"肉铺老板说，"你愿意的话，可以帮我劈几块冰。"

"蔬菜的活儿就够我忙的了，"西蒙说，"十九箱苤蓝。"

肉铺老板耸耸肩，把手摇柄连上遮阳篷，开始摇起来。他流汗了，脖子在朝阳中闪着光。

"如果你愿意，一会儿我给你把遮阳篷的连接部件儿上上油。"西蒙说。

"我自己也能做。"

"去年冬天你抹的是哈喇了的猪油，那臭味在春天一直能传到普拉特公园。"

"我用的不是猪油，是生肉上的脂肪。"

"需要我帮忙的话就说一声，"西蒙说，"晚点儿我能做。花不了多少时间。"

"不用啦。"肉铺老板说。他把手摇柄从遮阳篷上脱钩取下，放到大门旁边，然后双手在沾满血斑的围裙上抹了抹。在红白条纹布篷的遮蔽下变弱变淡的光线中，他的脸显得很柔和。

"今天天气会很好，"他说，"阳光很好，但又不太热。"

"是的！"西蒙说，"我们回头见。"

他是一个精瘦的男人，胳膊上青筋毕现，双腿细长。因为常年在露天工作，他的脸被晒成了棕色，灰金色的头发凌乱地散在额前。他的手很大，布满疤痕——那是搬运整理粗糙开裂的条板箱时留下的。他的眼睛是蓝色的，这是他身上唯一的真正漂亮的地方。

他比平时走得慢一些，很多商贩向他举手致意或喊几句友好的话。这是他在市场上做零工的第七年，但今天将是他做零工的最后一天，他们望着他的背影，不知道该为他高兴还是难过。

在装卸场，他把装着苤蓝和洋葱头的木箱子猛甩上肩头，扛到纳夫雷切克的水果蔬菜摊。他把洋葱上的青芽和土豆上的萌芽切掉；将冬天才用的木柴堆倒垛，好让木头不会发霉；把空的托盘堆排好。他在鱼摊清理掉装冰大木桶里的鱼鳞、黏液和污血，把脏冰和瞪眼张嘴的鱼头塞进袋子，拖到垃圾堆放点。然后他去了卖玩具、木头小汽车和彩色小铁皮旋转木马的摊位，用刮刀把地面格栅上的铁锈刮掉。他一直都很喜欢自己的工作——各种各样的活儿——也喜欢身体上的劳累，还有每天收工后在他口袋里叮当响的酬金。他喜欢寒冷、清澈的冬日空气；喜欢夏天能让柏油路面软化、啤酒瓶盖儿下陷的炎热；喜欢市场上的人们此起彼伏的沙哑呼喊声；喜欢想象自己是一个巨大的、呼吸着的、轰轰隆隆响着的有机体上的一个微小部分。

在市场打烊前，他又去了一趟肉铺。他从五金店那儿要来一坩埚油脂，给遮阳篷的支撑臂连接处抹了油。他将一根手指浸到油脂中，抹到铰链和大螺丝钉的螺纹上。他不慌不忙，慢工细做，在螺丝钉上擦拭捏转了半天，直到指尖发疼。

"你再这样弄下去，就把我的螺丝给磨穿了。"肉铺老板说。他从放刀的抽屉里拿出一个钱袋，用笨拙的手指取出一张钱。

"不用。"西蒙说。

肉铺老板耸耸肩，把钱又放了回去。"你随时都能回来，"他说，"像你这样的人永远都有活儿干。"

"谢谢。"

"无论如何，祝你一切顺利！不过我们会经常见到的。"

"是的，"西蒙说，"我们会经常见到的。"

这天傍晚，他没有走惯常的路回家。他穿过利奥波德城的街道，走过普拉特大路和福尔加滕街，来到多瑙河边，河中正有货轮和驳船从帝国大桥的影子下游出，在夕阳的熠熠金光下，逆流而上。到机械厂老厂区一带时，他开始跑起来。他沿着没有硬化的岸边路奔跑，路过巨大的混凝土块，跑过瓦砾碎片沟、金属废料堆和生锈的铁栅栏。浮木和浸涨的纸箱漂荡到岸边，红嘴鸥在他上方高处尖锐啾鸣。在多瑙河北岸的草地上空，几个市郊小孩的风筝化作天空上的彩色小斑点。他气喘吁吁地跑着，张着嘴，抡着胳膊，汗水从脸上流下来，他感到心脏在嗓子眼儿里有力地怦怦跳动着。他眯起眼望向太阳，咖啡馆满是灰尘的餐厅浮现在他眼前，曦光中的桌椅，贴着墙纸的墙壁上的面孔……他踉跄着，忍受着肺部的刺痛继续奔跑，从奥加滕桥下穿过，跑过被雨水长年累月冲刷的下坡路，踩着发烫的、嘎吱作响的路面碎石，跑过黑色的灯芯草和挂着碎纸片的灌木丛，他感觉，他可以永远这样跑下去。

2

第二天早上，罗伯特·西蒙九点钟就站在了咖啡馆前的拐角处。咖啡馆的房东科斯蒂亚·瓦夫洛夫斯基让他一早就过来。"得准时来，"他说，"不然别人就从你手中抢走这个店了。这儿是个好位置，现在经济也起飞了。"

关于店铺位置的优劣，是个见仁见智的问题。卡梅利特市场附近这一带，是维也纳最穷最脏的地方之一，许多地下室的窗户上至今还沾着战争留下的灰尘，而那些在战争中变成废墟的建筑就变成了新社会保障房和工人住宅楼的地基。

关于"起飞的经济",瓦夫洛夫斯基说得倒是在理。在鱼贩子用来包裹红点鲑鱼和多瑙河鳟鱼的报纸上,人们总能读到"大事件"的报道——从过去的泥潭中将升起一个璀璨的未来。在这个地方,到处都是机器的咔嗒声、砰砰声和轰鸣声;街道上新铺柏油的蒸汽,混入普拉特草地的芬芳,融入从多瑙河滩随风飘来的苦涩、潮润的空气。

"这个店会办好的。"瓦夫洛夫斯基说,"相信我,我懂生意。"他从口袋里掏出一串钥匙,打开店门,让西蒙先进。

"一旦窗户擦干净了,采光就好了,而且还能节省些暖气费。"

"锅炉修好了吗?"

"它就没坏,不过是有点儿堵。"

西蒙看看四周。过去几周他来过这里几次,只是现在一切都还显得晦暗、破败。架子上的酒杯被灰尘蒙得混沌,洗碗池上有一道道水垢,柜台后面的地板上有一只黑色女鞋。

"现在这些都是您的了,"瓦夫洛夫斯基说,"您加把劲儿,过几天就能开张。"

他把钥匙放在柜台上,微笑着。"我会过来喝一杯的,"

他说,"离得又不远!"

科斯蒂亚·瓦夫洛夫斯基住在这栋房子的顶层,就在屋顶下的两间半房间里。就在两天前,西蒙还和他坐在他家的厨房桌子前,商定好了租赁合同。在尝试从合同行文中读出些意义时,西蒙听到了头顶上鸽子的小碎步和爪子剐蹭房顶的声音,并暗暗希望自己是它们中的一员,这样就能从高处远远地观望普拉特绿地,或向另一个方向看看卡伦山的背阴侧的山坡。合同烦琐的措辞让西蒙很不自在。从他能记事起,文字让他感到的就不是秩序,而是迷惑。孩童时期,他并没在学校度过很长时间。他第一次走进位于马尔茨街的小学的那天,他手里捏着一块面包和一个写字本,被安排着坐在了四十三个孩子之间。那时战争正在全面进行中,还不到三年,盟军的炸弹便在一个清晨把教学楼和楼下的防空洞变成了一个黑黢黢的、冒着烟的废墟。

早在那时,他对战争以前的时光就已经没什么记忆了。父亲像是童话中的角色,一个影子,但至少有一个画面留在他的心中——父亲穿着沉重的大衣,兜里揣着奔赴前线的战令,走出门外,再也没回来。在收到英雄在战地医院牺牲的消息仅仅三个月后，母亲便死于为旧铁钉除锈时染上的血液中毒。太过混乱、迷惑，导致罗伯特未能真正感到悲伤，他也从此生活在了仁慈修女战争孤儿院。在孤儿院和其他失落无助的孩子一起度过的岁月，父母的面容和与他们有关的一切都在他心中变得苍白。仅存的只是对一件沉重大衣和一件有着厨房香味的围裙的记忆，还有一段浸染在昏黄光线中向上的楼梯的模糊画面，楼梯最高一层的台阶上，有一副镜片上有细微刮痕的眼镜，尽管他并不知道这意味着什么。

对年幼的西蒙来说，战争的结束是一种被压抑下去的欢呼。人们不能理解一切都过去了，只是慢慢地，他们脸上的惊恐才退让给一种犹豫、胆怯的放松。然后他们就开始了清理工作。透过教室的窗户，罗伯特能观察到，人们扛着铁锹、锄头和桶在废墟小山上攀爬。有些人在中午时会坐在炸毁的墙基上吃面包，用铁皮壶喝茶。当有人在休息时躺倒，废墟堆里就能看到一双双翘起的尖膝盖。有时罗伯特感觉好像能在那些灰头土脸的男女中看到自己的父母：年轻美丽的母亲，一把铁锹高高举过头；父亲的额头上顶着一顶脏帽子，脸隐匿在如面纱般的淡蓝色香烟烟雾后。

他上完学时，城市已经发生了改变。尘埃与灰烬沉没到地底下，许多损坏的房子被拆掉，闲置土地上野草肆意疯长，小孩子们拿着瓦砾碎片当玩具。城市里建筑之间的空缺逐渐被填补起来。到处都有社会保障房拔地而起——十层楼高，墙壁刷白，装着玻璃大门，公寓里有铺瓷砖的浴室和室内卫生间。

在一九四七年五月温暖的一天，罗伯特·西蒙和几百个欢呼雀跃的维也纳人一起站在普拉特公园，观看经过重建的摩天轮再次运转，而在这之前，摩天轮被炸到只剩骨架。他也欢呼喊叫了，可同时他又感到不太对劲儿。在这座吱嘎呻吟的庞然大物的影子下，他感到些许疑虑，在他看来摩天轮的支撑架太细弱了，不能担负这些木头吊舱和里面挥手欢笑的乘客。他在温暖的春日空气里打了个寒噤，一直到那天很晚的时候，他还在为摩天轮担忧。他确信它太大太重了，那上面的钢铁会断裂的，也许是在轴承附近，或是在吊舱上面的连接处。它的整个构造不可能让摩天轮矗立太久的。他惊叹于白天时那淹没、席卷他的激情，他为自己在那么多陌生人之间喊叫而羞愧，可他也期盼，有朝一日自己能坐上其中一个红色吊舱,悬浮到空中,到远离城市中令人烦躁的喧嚣的高处。

十五岁时,他不带丝毫遗憾地离开了学校。他能读,能写,能用手指在地图上指出最重要的国家和它们的首都,在他看来,这对于在世界上立足已经够了。因为社会上缺乏健康的男子,他毫不费力就可以找到工作。在格林津的葡萄种植山坡上,他和一队形容枯槁的西里西亚人修建齐膝高的干垒石墙,拔除杂草,铲除地窖酒桶内的钙沉积和酒石结晶。他用碎砖瓦砾和泥土填埋城市公园中的炸弹坑洞,在南火车站从废墟中搜寻废铁。有一段时间,他在普拉特公园的啤酒花园工作,负责清理餐桌,也许就是在这里——当他在彩色灯笼的光线下穿梭于餐桌之间,时刻注意清走空杯子、鸡骨头和烟头时——他心里第一次萌生了一种渴望:要做点能赋予生命决定性意义的事,有朝一日要站在属于自己的餐馆的柜台后面。

青少年时期的剩余时光,罗伯特·西蒙还是在"仁慈修女"度过的,他就住在"救济众生"的宿舍里,直到他终于在报纸上看到战争遗孀为自己装配好家居的房间发布的招租广告：

短期或永久为正直的人提供干净住宿，不要骗子，不要酗酒者，不要女性。在警察局有居民报备。睡眠时间固定。提供床单被褥、烤箱和收音机。若需要，可提供早餐。

去求租面谈时，西蒙站在遗孀的公寓内，希望自己能给对方留下个可靠的印象。他从工友那儿借来一套参加葬礼时穿的西装，往头发上抹了定型发油。西装袖子太短，他的额头上冒着汗。他觉得自己这套装扮很傻，而且对于如此雅致的环境——软包装家具，窗台上摆着两个身姿纤细的瓷舞女——他太高大，也太笨拙。

"很好，"老妇人说，"您来了。"

"也许您要找的是完全不同的人。"西蒙说。

"谁呢？"

"不知道，更适合这里的人。"

"您到底想不想要这个房间？"

他点点头，他们走进隔壁，房间小但干净：一张床，一个柜子，一扇通向内院的窗，墙上挂着一个耶稣十字架。

"看起来很好。"他说。

"是，"老妇人说，"一切都正好。没准儿还可以再挂一幅画。"

"但不能太大，"他说，"不然会吸掉房间的光亮。"

他感到老妇人在他后背上的目光。一股寒意在他心里升起。他双手插入裤兜，盯着墙。

"您想要这个房间吗？"老妇人问。

"想，我很想要。"他沉默一瞬后说道。然后他向她转过身，他们握了手。

那时他已经在市场上打零工很久了，这有个好处，他能不时带东西回来放到老妇人的厨房餐桌上：一把芹菜、几个土豆、一块猪肝甚至一包剁碎的猪肉。他的收入足够维持生计，他对自己的生活也很满意，对他来说，这样的日子可以再过很久。

再然后，街角的市场咖啡馆就关了。这是个晦暗、潦倒的小店。店主来自布尔根兰州南部，曾是个葡萄酒农，葡萄园在他手下荒废了。他在战后租下了咖啡馆,毫无野心地维系了多年。他是一个内敛、寡言的男人,大多数时候坐在门口旁的一把凳子上,双眼迷离地看着街上。他的啤酒不够凉爽,而且市场上每一个人都知道,他家玻璃容器里煮得太老的鸡蛋已经放了好几天了。尽管如此,西蒙喜欢来这里。他喜欢房子外墙上爬得高高的常春藤,夏末时常春藤里会充满蚊虫的嗡嗡声;他喜欢门前街道上被踩踏光滑的铺地石,只要有阳光照在上面,就晃得人不得不眯起眼睛。有时下班后,他会坐到这家咖啡馆的一张桌子前观察市场那边,看商贩刷洗他们的柜台,冲净人行道上的垃圾残余。他想,把人吸引到这里来应该不难:凉啤酒,干净的杯子和一台真正的咖啡机,不能像现在柜台后那台不成形的丑箱子,只会制造噪声和黑色的苦楚。

有一天,店主消失了。一个商贩说,他回到布尔根兰州了,在他原来的葡萄园山坡上像鬼魂一样游荡;另一个人郑重发誓说自己在瓦尔德威尔特尔的锯木厂看到他了,在能震动骨髓的噪声中,他的耳朵里塞着软蜡耳塞,盯着锯条之间的黑暗,从锯木机里抽取着长木板。

但这都是爱吹牛的人的胡编乱造。店主在整个冬天都没再出现,咖啡馆的窗玻璃上蒙了一层丝绒般的灰尘,他很快就被遗忘了。

只是,在战争遗孀的公寓里,曾萌发于彩色灯笼下、现在又重新燃烧起来的渴望,让罗伯特·西蒙整夜整夜辗转难眠,直到有一天早上他从床上跳起来,饭也没吃,头发都没来得及用手指梳理几下,便穿近路来到海德巷,跑了六层楼直奔科斯蒂亚·瓦夫洛夫斯基的阁楼,气喘吁吁、心脏怦怦直跳地请求承租原来的咖啡馆。

3

在瓦夫洛夫斯基把钥匙串放在柜台、留他独自站在餐厅昏暗的光线内的当天,罗伯特·西蒙就开始了清理工作。他打开所有的窗户,看到吧台后一群小黑苍蝇蜂拥而起,像鬼魅影子似的滑翔到外面街上。他撕下墙纸,往墙上刷了一层厚厚的白色涂料。连续几天,他跪在地上来回滑动,用裹在木块上的砂纸打磨地板上的污垢。他还用砂纸磨光了桌椅，给它们涂上一种气味刺鼻的液体，液体散发出来的气味让他在几个小时内都沉浸在一种朦胧的兴奋状态中。

他把家具摆到街上晾干，观察着家具上的纹理在阳光下开始舞动起来。然后他又用钢丝刷擦掉水龙头上的水垢，刮掉通往狭窄天井的厨房门荷叶上的铁锈。相对于餐厅，厨房的情形还不错，原店主也把它当作储藏室，显然，有时他也会在这里睡觉。西蒙把几箱空葡萄酒酒瓶、五袋干裂的酒瓶塞子、一堆脏衣物和一个旧床架拖到街上。他用柔软的皮革把灶台和瓷砖擦干净，往平底锅里放入树皮碎块和杉树枝，烤了整整半天来驱除酸臭味。他把大门旁的常春藤剪出一大块长方形空白，把一块用来写酒水食物的小黑板钉到墙上。他本来也想在门框上方挂一块牌子，但绞尽脑汁也没想到合适他咖啡馆的名字。在街另一侧的约翰内斯·贝尔格一直关注着他的各种操劳，他们也讨论过，这位肉铺老板说，在他看来，店名可是最重要的。

"就用你的名字怎么样？"他说，"西蒙客栈，很适合写在招牌上，又短又好记，你能把字母写得大大的。"

这是个可用的备选方案，西蒙认为，但他又觉得这样有点太自恋了。而且他开的不是客栈，只是个咖啡馆。

"也许也无所谓，"肉铺老板想了一会儿后说，"毕竟，在人们把多瑙河叫作多瑙河之前，它也早已就存在了。那你的咖啡馆就是没有名字，这样也是对的。"

在开张的前一天晚上，西蒙和战争遗孀一起坐在厨房餐桌前吃晚饭。她在多瑙河河滩采野菜时着了凉，所以在温暖的夏季她仍然戴着一条厚围巾。她的眼睛有些发红，把勺子送进嘴巴、用鼻子呼吸时，发出些轻微的叮当碰撞声。

"汤真好喝。"西蒙说。

"现在荨麻叶正好吃呢，"老妇人说，"整个夏天的气息都被保留其中。再加上洋葱、大蒜和熏骨头，其他什么也不需要了。其实，就算光加骨头味道也已经很好了。"

西蒙喜欢与老妇人一起度过的那些夜晚。他想，这将是很长一段时间内的最后一次了。他打算咖啡馆全周无休，尤其是在最开始这段时间。每一分钱他都需要，所以他不能舍弃哪怕七分之一的收入。

过去几周他对怎样经营咖啡馆想了很多，现在他却忽然不再确定自己是否已经想得足够充分、全面。一种沉重的感觉渗到他心里——他将面对种种未知、困难，以及各种障碍，也将与青春的无忧无虑告别。

"您觉得我的咖啡馆会成功吗？"他问老妇人。

"为什么不会呢？"

"我不知道，也许我太相信自己了，我的意思是，我又是谁呢？"

"会一切顺利的，"老妇人说，"我有好的预感。"

"借您吉言。"

"我相信会顺利的。人总是要心怀希望比担心多一点。不然就太蠢了，您说呢？"

房间里暗下来了。老妇人对于用电很节省，但他知道，外面的路灯很快就会亮起来。在朦胧的光下，他看到她的手像两条纤细的影子一样摆在桌上。有短暂的一刻，他感觉她的手好像向他伸过来了，但他随后就看到，她的双手只是静静地放在桌上。

4

中午十二点，罗伯特·西蒙的咖啡馆准时开业。还不到十分钟，第一位顾客就来了。西蒙对这个人有个粗略的认识：他是来自瓦豪地区的果农，有时会租下市场东侧那些摊位之间的空地，摆上一筐杏子在那里售卖。此时，他坐在室外的一张桌子旁，忧郁地看着人行道。

"您要点什么？"西蒙问道，他系上了围裙，在耳朵后面夹着一支铅笔。果农惊讶地看着他。

"我认识你。"他说，"你在市场上工作。"

"现在不了。"西蒙说。

"都有什么？"果农问。

"咖啡、柠檬水、覆盆子苏打水、产自施塔默尔斯多夫的啤酒和葡萄酒、贡波尔茨基兴葡萄酒——红的和白的。吃的有涂猪油面包——加洋葱或不加的，还有新鲜黄瓜、盐味面包棒。"

"选择不多。"

"今天第一天,而且这是个咖啡馆,不是饭店。"

"我要一杯贡波尔茨基兴葡萄酒,白的,用带柄玻璃杯装。"果农说。

十二点半左右,来了下一批顾客。其中有两个普拉特公园的老熟人,对波希米亚啤酒的偏爱让他们脸色灰白、身体肿胀。他们点了两杯啤酒,坐在靠窗边的桌边,把头凑在一起,悄声交谈。不久后来了一队修路工人,他们整个上午都在浇筑柏油,并用长柄木抹把蒸腾着热气的柏油涂层抹平。他们点了水和啤酒,吃的是自带的土豆,他们把土豆裹在锡纸里,在热柏油里烤熟。同样租住在咖啡馆所在的这栋楼里的邻居要了一小杯加了烈酒的咖啡。两个身穿夏装的、头戴碎花礼帽的上了年纪的女士坐在果农邻座的桌子旁,点了红酒和柠檬苏打水。

越来越多的顾客来了:附近一带的居民、倒班的工人、身穿衬衫的职员、舒特瑙尔纺纱厂的女孩们。西蒙跑来跑去,让顾客点菜,打开龙头加啤酒,往杯子里倒酒水饮料,用凉水冲洗杯子,用布擦拭杯子,用另一块布擦桌子,用木夹子从玻璃罐里捞腌黄瓜，用一个小细铲子往面包上抹猪油——面包是他在市场的面包店买的，都是早上刚出炉，再用白布像包裹婴儿一样包着带回来的。

后来市场上的商贩也来了，咖啡馆又开张了的消息传开了，他们对此感到好奇。他们或坐在桌旁，或倚在吧台边，用手掠过打磨光滑的木头，观察着西蒙拧开啤酒龙头倒酒。

"一杯啤酒！"

"给我来一杯红酒！"

"三杯白葡萄酒！其中两杯老板请客！"

也有一些安静的时刻，谈话瞬间停歇，所有人好像在同一次的吐息中把身体仰向了后面。这时，西蒙站在吧台后，迎着光举起杯子，检查它们的光泽，当他转身把杯子放回到架子上时，看到了镜子里的自己：系着围裙，耳后夹一支铅笔，脸上是轻微的难以置信的神情。

六点钟，肉铺老板来了。他坐下，点了一小杯红酒，目光扫视屋子一圈。

"我就跟你说吧，"他说，"不管有没有名字，就店现在这样子，就会好的。而且会越来越好，你会看到的，西蒙！"

5

一辆满载悲伤女人的公交车在夕阳中出发了。车子从弗洛里茨多夫第一精纺厂的厂区出发，一路颠簸路过耶德利泽尔墓园、一个个小果园、闲置地和建筑工地，经过沿岸散落着有温暖木头香气的夏季度假小屋的老多瑙河，穿过帝国大桥，继续驶入利奥波德城街街巷巷形成的灰色迷宫中。

公交车不时停下，放下一两个女人，她们会再次挥挥手，然后消失在某个房屋入口或半地下室公寓低矮的门后。年轻的助理缝纫女工米拉·萨比卡在普拉特施特恩环路下了车。她的视线跟随了公交车一会儿，看着它在环路转了一圈，然后汇入诺德巴恩街下班高峰的车流中。

米拉住在阿洛伊斯巷的一个小单间公寓里，屋里有单独的卫生间，还可以透过窗子看到威赫绍夫酒店明亮的黄色外墙。她是个乡下姑娘，深色头发，个子矮小，身材圆滚，双手永远泛红，还有一双榛子棕色的大眼睛。她的父母是施泰尔马克州南部的苹果果农，几年前把她这个独生女送进了城市，去精纺厂做一份招工启事里写的"有保障的终身工作"。米拉在一个雾蒙蒙的早上离开农院，去乘坐开往维也纳的早班火车时，感到一道细如发丝的裂纹在心中裂开，并在她心里散发出些什么，她不清楚那是隐约的负担，还是关于家乡的沉重又温暖的依恋。她把脸埋在羊毛围巾里，蜷缩在座位上，在火车上哭泣了一路。当她终于在中午从维也纳南站下车时，她感到异常轻松，巴不得甩掉脚上笨重的农鞋，光脚跑过站台，闯进城市。

米拉性格坚韧，工厂里别的女孩子在灵巧和技能上胜过她的地方，她就用毅力和勤奋来弥补。她很可靠，不沉迷于任何大的消遣，尤其会远离工会。副经理施泰因文德尔工程师先生说，如果她一直这样坚持下去，或许有一天他们可以提拔她为正式缝纫工，或者——谁能现在就知道，未来还有什么可能呢——有望提拔为高级缝纫工。

每周有六天，米拉一大早就会乘坐精纺厂的柴油厂车去弗洛里茨多夫，在二号厅第五排的位置一坐就是一整天，就那么深深地俯身在那台嘎嘎作响的胜家缝纫机上，直到晚上后背僵硬、手指疼痛地被送回家。到家后，她会为自己做一份晚餐，然后早早上床睡觉。

公交车从视线中消失了，米拉踏上回家的路。走路时，她把手伸进夏季大衣的口袋，紧紧抓住装着钱的信封，那是她"有保障的终身工作"的最后一份工资。中国人进军了纺织行业，施泰因文德尔工程师先生一个星期前在一次匆忙召集的工厂大会上解释说他们对此毫无办法，中国人就是比奥地利人更便宜。虽然很恼火，但这就是事实，另外，谁愿意的话，可以去感谢下工会。副经理的笑声在车间大厅高高的屋顶下空洞无力地逐渐淡去，女工们重新坐回自己的缝纫机后，给最后一批弗洛里茨多夫精纺厂的女士衬衫缝上袖口。

信封里有一千二百八十三先令。加上米拉缝在床垫里的积蓄，应该够她用三个月。如果我好好节省，或许能用四个月，她想。但肯定不需要的，中国人可能是更便宜，但我年轻强壮，而且有决心。

第二天早上米拉就开始找工作。在齐尔库斯街的一家轮班工人咖啡馆，她翻看报纸，把可能的工作抄下来——并不多，除了缝纫机上的工作，她没学过别的。她知道怎样按照样品精确地推动和旋转布料，怎样几下就换好线，怎样用几滴油让缝纫机梭壳保持运转，但这就是她会的一切了。她做饭不行，对于在商场或女士美发店做销售助手的工作她觉得自己太粗笨，受的教育也不够。但是，她知道怎样持家，而且她的胳膊和腿强壮有力，不像那些像布娃娃般精心打扮的年轻女人，一天天只会穿着尖高跟鞋在普拉特公园的石子路上小步溜达，而且显然不屑于自己缝补丝袜上的破洞。

几周过去了，米拉还是没找到工作。每天早上，米拉都在手里攥着一张纸条穿梭于城市的大街小巷，挨个去拜访那些招工地址。但情况往往是这些地方都已经招到人了，又或者是他们的要求太高了，尤其是当那些工作需要读写技能时。有一次，她因为大衣袖口和领边磨损露线被拒绝了。另外一次是因为她的身材。

"恕我直言，年轻的小姐，"一家位于内城的丝袜和精品内衣店的女老板在水晶吊灯星光般璀璨的光芒下说，"对我们店来说，您太胖了。"

也许米拉本来能在破败的城市边缘之外的某家农场找到工作，或者在更远一些的地方，在根瑟恩多夫或瓦尔德地区的农庄和田地上，但是风吹雨淋烈日晒的工作，她已经受够了。

一天下午，她又累脚又疼地回到利奥波德城，在塔博尔大街从有轨电车上下车后，抄近路走过市场。她喜欢市场的熙熙攘攘、家庭主妇的争吵、商贩的吆喝，还有水果蔬菜摊上的香气，而这种香气在下一个拐角就能骤然换成腥秽腐烂的臭味。她在肉铺前停下来，看着肉铺老板切割一块牛背肉。

约翰内斯·贝尔格眯着双眼，舌尖咬在牙齿间，先用锯子，再用剔骨刀将肉和骨头分开，再把肉上的脂肪切下来。随着手臂用力一挥，他把脆骨和脂肪残渣从肉板上刮下，让它们啪一声落在地砖上。他用隔油纸把肉块一块块包起来放进冰里时，看到了肉铺前的年轻姑娘。她的眼睛睁得大大的，僵硬的脸庞苍白无色。她一动不动地站了片刻，然后就跌倒晕了过去。

当米拉苏醒过来时，她发现自己坐在人行道边上，背靠着一个消防栓，双腿直直伸展开来。

"我想，我晕倒了。"当肉铺老板那泛着红光的脸出现在她眼前时，她说。

"有些人受不了生肉。"他说，"他们能吃肉，但不能看。"

"不，不，生肉看起来很好，"米拉还有些眩晕地说，"您切肉的动作也很漂亮。"

"但您还是晕过去了。您得喝点什么，来，我扶您起来。"

这天咖啡馆里比较冷清。一个穿着工装裤的男人坐在墙边的一张桌子前，吸着无滤嘴的香烟，喝着咖啡。罗伯特·西蒙穿着袜子站在柜台上，擦拭着天花板吊灯上的灰尘。

"西蒙，来一杯苏打水！"西蒙听到肉铺老板的声音从外面传来，"再加几根腌黄瓜。"

透过开着的门，他看到约翰内斯·贝尔格和一个年轻女子一起走过马路，他的胳膊小心翼翼地环在姑娘的肩膀上。

他又擦了擦灯罩，然后像一只猫一样轻巧地跳下柜台。

"我晕过去了。"姑娘说。西蒙看到两人站在门口，而姑娘的脸色很苍白。

"跟生肉没关系。"约翰内斯·贝尔格说。他把米拉扶到一张桌子旁，在她身边坐下。西蒙调好苏打水，从玻璃罐里捞起几根腌黄瓜，也坐到他们身边。

"谢谢!"米拉说着,一口气喝完水,咬了一口黄瓜。

"您想再喝杯水吗?"西蒙问。

米拉摇摇头。她又咬了一口黄瓜,然后就泪流满面了。

"哦,"肉铺老板说,"这可……"

"不,"米拉抽泣着说,"没事,真没事。"

"哎呀。"西蒙说。他既惊讶又困惑,有一瞬间他不知道,为什么自己和这两位一起坐在了这张桌子旁。西蒙偷偷瞥了一眼肉铺老板,但他只是垂着头,好像在观察围裙上的污斑。

"我也不知道。"西蒙说。到目前为止,他这一生只看到过一次女人哭。那还是在小学的时候,一个仁慈的修女在给学生做听写时,脸上忽然滚过大颗的泪珠。没有一个孩子明白,她为什么哭,或许也不是所有人都注意到了,因为短短片刻后——尽管当时的小西蒙感觉那一刻非常漫长——她就用修道服的袖子擦了擦脸,继续听写。

"您愿意跟我们说说发生了什么吗?"现在又抬起头的肉铺老板问,"我的意思是,人不可能无缘无故就哭啊。"

"没怎么,"米拉抽噎地说,"只是我没有工作。上一份工作丢了,新的找不到。没工作,没希望,没钱,只有饥饿,饿得连腌黄瓜我都觉得好吃。"

"太糟了。"肉铺老板说。

"会好起来的。"米拉说,她现在不哭了,用指尖擦着眼角的泪。

"确实是件不愉快的事儿,"肉铺老板说,"但一定会好起来的。"

"是,"米拉说,"总会有办法的。"

"您想再喝一杯苏打水吗?"西蒙问。

米拉摇摇头,说道:"我想,我还是走吧。"

"让她在这儿工作怎么样呢?"肉铺老板说。

"什么?"西蒙说。

"她可以在你这儿工作。"

"为什么是在我这儿?"

"你自己忙不过来。整天跑得腿都打架了,你自己也这么说啊。"

"我真得走了。"米拉说。

"你坐着,我们现在谈清楚。"肉铺老板说,"我是说,现在咖啡馆的生意很好,比你自己想象的还好,西蒙。"

"是的，总的来说生意不错。"

"这就意味着，你用得上人，不是吗？"

"不是这么简单的，"西蒙说，"您以前当过服务员吗？"

米拉摇摇头。

"看，那就不行了。"

"不必把事情搞得比实际上更复杂，"肉铺老板说，"在你开店之前，你也没做过咖啡馆老板，可现在你是了。你们可以试试，如果行不通，再说不行。"

西蒙想了一会儿，然后说："您真有兴趣做这份工作吗？"

"我需要工作，不需要兴趣。"米拉回答说，"我能忍受大多数人，我肯定也能端几个杯子。如果我摔了杯子，您就从我的工资里扣。我能干活。您看到我手指上的茧子了吗？小折刀都扎不透。我的钱还够付这个月底的房租，然后我就得睡大街了。所以，如果你能给我一份工作，非常感谢，我做。"

西蒙和肉铺老板看着她。

"好吧，我没意见。"西蒙最终说，"我们试试，你叫什么？"

"米拉。"

"我叫西蒙,咖啡馆还没名字。如果你想到合适的名字了,告诉我。"

"好,"米拉说,"但我可不保证什么。"

6

一个身形庞大的人出现在门前,他黑色的短发没有梳理,鼻子被打破了,还有双水蓝色的小眼睛。这是勒内·武尔姆,干草市场的一个搏击摔跤手。夏天,勒内在成千上万个观众的欢呼喊叫中与别的男人搏斗,比如格奥尔格·布勒门许茨,格尔德·暴徒·弗兰蒂瑟克,或格鲁吉亚之熊——弗拉多·克涅夫斯科夫。在过去几周里,他是身穿丝绸短裤的英雄,浸满汗水和油而亮闪闪的皮肤反射着阳光,受万众欢呼,不可战胜——除了每次决赛,他总会在决赛里输给布勒门许茨或野蛮人奥尔利奇。每年的其余时间里,他在碰碰车乐园卖票、招揽顾客并播报娱乐性评论。他的评论在普拉特公园是最单调无聊的,但是他在场就能保证纪律,那些年轻的爱打架的人和酒鬼都尊重他,会去别的地方为他们的姑娘打得头破血流。

"当心门!"西蒙从吧台后喊道——但为时已晚,门砰地关上,门框上的灰尘纷纷落下,架子上的杯子也叮当作响。

"去他的!"勒内说。

这段时间——十月底,天气已冷——他总是心情不好。夏季过去了,有着盛大闭幕赛的赛季结束了,在闭幕赛中,他三次被系上胜利者金腰带,又每次都随即被夺走。他的报酬也所剩无几,留下的只有无数拳打脚踢、扣肩压和致命锁喉导致的伤痕。

"给我来一杯李子烧酒,谢谢。"他对米拉说着,在一张桌子旁坐到他的朋友——卖鱼的弗兰克·韦塞利和提前退休的煤气厂出纳哈拉尔德·布拉哈——中间。

"才这个时间你就已经开始酗酒了?"布拉哈眨着他的右眼问。他的左眼在新罗西斯克被一片手榴弹碎片打掉了,从此他就戴着一只玻璃眼珠,在第四或第五杯啤酒下肚后,他有时候会把假眼从眼窝里挤出来,让它在桌子上从一只手滚到另一只手里。

"一杯李子烧酒还远远算不上酗酒。"勒内说。

米拉把酒端上来,他一饮而尽。"再来一杯,"他说,"给他俩也都来一杯。"

他们把烧酒喝完,又点了啤酒。

"碰碰车乐园的活儿我不想干了,"勒内说,"我觉得太傻了,时值秋天本来也没什么生意。"

"那你打算做什么呢?"

勒内耸耸肩说:"不知道,我应该去美国生活,那儿一整年都有比赛,赛厅大得能塞下半个普拉特,那是另一个级别的比赛。奖金也是,四五场比赛挣的钱就够花几年的。只需要跟对工会,跟对工会了,任何人在美国都能挣钱。"

"我总是想,"韦塞利说,"这辈子至少得富一次,钱像麻袋里的燕麦片一样多,然后马上又都失去。"

"为什么要失去?"

"很多时候,只有失去了,人才知道自己拥有过什么。"

"这么蠢的话我还从没听过。"布拉哈说。

他们又点了一轮酒,米拉弯腰把酒杯放在桌子上时,韦塞利把一只手搭到了她的胳膊上。

"放开。"勒内轻声说。

韦塞利把手缩回来。米拉迅速几下收好酒杯,走了。

"只是开个玩笑,"韦塞利说,"开点儿玩笑还是允许的吧?"

"还真是好笑,我都忍不住了。"

"你们想看点什么吗?"哈拉尔德·布拉哈大声说,"那可看好了!"他拉着下眼皮,把食指深深戳进玻璃眼下的空腔。

"别往外抠眼珠子。"韦塞利喊道。

"对,别动。"勒内说。

"总是这样,"布拉哈说,"当有人想要活跃气氛……"

"玻璃眼珠又不是气氛。"勒内说。

"我倒是想看看。"另外一张桌子上的顾客说道,那是一个头发灰白的男人,鼻子上架着一副窄窄的眼镜,每当他喝东西时,都很奇怪地把眼镜摘下来。

"相信我,不是什么好看的。"西蒙在柜台后面说。他看到过一次布拉哈的玻璃眼珠在桌子上滚动,那么丑陋下流,在梦里都折磨了他好几个星期。而且,他听出了勒内语气里的不善，他知道这位干草市场的搏击摔跤手喝醉后能做出什么。就在几个星期前，他把一个脚手架工人轻而易举地从凳子上举起来，扛到咖啡馆外面，把他像土豆袋一样扔在人行道上。当时，脚手架工人认为社会党人为工人撑腰，只是为了更好地剥削利用他们。这在勒内看来是个错误思想。他有一本党证，在他的钱包里还插着一张他在一次决赛后与维也纳市长布鲁诺·马雷克挽着手臂的合照。

"没我们的话，你每天还在建筑工地爬十二个小时呢，一周工作六天，还没希望拿退休金，你个蠢猪！"他怒斥了躺在人行道上的脚手架工人。

"再来一轮，西蒙！"韦塞利喊道，"但是米拉可不能再在桌子前弯腰了！"

"住嘴。"勒内说。

午夜时，西蒙让米拉和最后几位客人回家。他们一个接一个地站起来，迷迷糊糊、摇摇晃晃地朝门的方向走去。只有勒内还坐在他的位子上，身躯庞大，纹丝不动，像一块烟雾中的岩石。西蒙洗了最后几只杯子，擦了撒盐瓶，把烟灰缸刷干净。在他摘围裙时，用目光扫视了一遍房间，看着桌子、柜台和挂了小灯泡的架子,灯泡让瓶子都发着光亮。他已经站了十五个小时。

"我现在快四十了,"勒内说,"想相信自己还能做成点什么,但我其实已经太老了,可我依然在试着说服自己。这有用吗?"

"我也不知道,"西蒙说,"能做什么,就先做起来,以后才知道,是不是对的。"

"就是这样。"勒内说,他呆呆地盯着前方好一会儿,然后把椅子推到后面,往桌上放了一张钞票,走了。

他打开门,又站住。西蒙感觉到了寒冷的空气,在搏击摔跤手的头和肩膀四周,他看到屋外的夜色中有一种乳白色的光泽。勒内慢慢转过身,他的脸上有着小孩子般明媚的惊奇。

"下雪了,西蒙。"他说,"真见鬼,但我想,我这辈子还没看过比这更美的东西!"

7

这个冬天很冷。下了几天雪，然后又刮了一场温暖的西风，把屋顶和街道的雪吹散了。黑色的云堆积起来，开始下雨，那是沉重、稀疏、灰色的雨滴，雨中渐渐掺入雪花，最后完全变成雪，化为柔软的、不停歇的纷纷扬扬，填充着街道。雪之后起了霜，十一月像往年的二月一样冷，第一个基督降临节之前，很多地下室的水管已经冻裂了。

罗伯特·西蒙往店前的人行道上撒了锯末，敲掉窗台上长长的冰锥。每当下了一晚上雪后，他都会铲净门前，抖掉常春藤上的积雪。他用亚麻油泥子密封了窗户，往蹭鞋门垫上刷了防锈漆，又让一位修筑沥青路的工人往门槛上的裂缝里灌了柏油。

咖啡馆和市场变安静了。有些天，大雪纷飞时，整个街区好像都僵在寂静中了，虽然还总是能听到路过的汽车发动机的轰鸣、放学时孩子的喊叫，还有某个商贩的沙哑声音，但这些声音都被雪压低,像是从很远的远方传来。

有时西蒙和米拉坐在窗边的桌子旁,看着外面像蒙了面纱的街道。在灯光下,能辨认出肉铺老板的身影,他或是弯着腰在砧板前忙碌着,或是与另一个模糊的身影交谈,手里拿着一块肉和一把刀无声地打着比画。

在这样的时刻,西蒙会感到现实在滑走。他的目光迷失在咖啡馆和肉铺之间,失去了对时间和地点的感知,他不清楚他听到的是自己血液的流动声,还是暖气管道内的水流声,不知道外面的积雪是否仅发生在他脑子里,是否只是一种幻觉。很温暖,他想,但现在是深冬,这怎么可能呢?他还在想着这些或类似的事,但当听到自己的呼噜声,或身旁米拉清嗓子的轻咳声时,便醒来了。

8

"再这样下去,圣诞节我就得关门了。"西蒙一天早上对战争遗孀说。她做了早餐——抹了黄油和蜂蜜的小面包,浓浓的红茶。

"为什么?"

"没有客人来。天太冷,雪太多,太不舒服,我也不知道。"

"他们会再来的。"

"但我快撑不住了,不管下雪还是晴天,瓦夫洛夫斯基都是要房租的。"

"也许没人来是因为你提供的饮食。"老妇人说着,续了一杯茶,"都有什么呢?"

"需要的都有,"西蒙说,"咖啡,茶和可可,橙子和柠檬味的汽水,覆盆子苏打水,啤酒,施塔默尔斯多夫和贡波尔茨基兴葡萄酒,红的白的都有。吃的有加洋葱的涂猪油面包,新鲜黄瓜。"

"有潘趣酒吗?"

"没有。"

"得有潘趣酒。"老妇人说,"没有潘趣酒的冬天不是真正的冬天。只是,不能是随随便便的潘趣酒,必须是最好的,不然就不值得费劲。"

罗伯特·西蒙看向窗外,雪花在昏暗的晨光中飞舞。真奇怪,他想,你和这位老妇人坐在同一张桌子前,很清楚她即将用什么样的动作抬起勺子,清楚她每次咬东西时鬓角旁的棕色小斑点将怎样上下移动,晚上还能在隔壁房间听见她的各种声音,一切都是那么理所应当,好像向来如此,但实际上自己对她一无所知。

"我从哪儿能找到这样的潘趣酒呢?"他说,"我只知道怎么涂抹猪油面包。"

"那么,我来教您,"老妇人说,"知道怎么做了,就一点都不难。"

后来,没人能说清,是否确实是因为潘趣酒,还是完全因为其他原因,咖啡馆的人又满了。不可能是因为天气,天气依然很冷,而且越来越冷。无论如何,西蒙严格按照老妇人的指教调好了潘趣酒。肉铺老板认为它"从中间散发着浓浓的热气"。米拉用红粉笔在大门旁边的小黑板上写了新的饮品:

从今天起,每天都提供热潘趣酒,也包含在午餐套餐内。

没过多久,这件事就传开了。好潘趣酒可不是平时容易见到的,最多在圣诞节时有,而且还得去内城的圣诞市场,或者帝国酒店,在那儿用家庭套餐的价格,才能买到潘趣酒以及搭配其提供的被放在小瓷碗里薄如蝉翼的酥皮饼干。

米拉出了个主意:尽管天气寒冷,但中午时还是把门大大敞开。这样酒香渗到外面街道上,一直飘到市场的摊位上,钻进商贩和他们的顾客冻得冰凉的鼻子里。很快,第一批客人就来了,他们会要一大杯潘趣酒,或直接要一份午餐套餐——一杯潘趣酒和一个加了洋葱的猪油面包——因为米拉在上菜前往面包上撒了宽条的红色柿子椒粉,所以客人称之为"奥地利面包"①。

每隔几天,西蒙就得去齐尔库斯街上的家居用品和餐具店购买罐子,先是五升的,然后是十升的,最后是二十升的。从厨房飘来的水汽浮在餐厅上空像是一层温暖的纱,与香烟

---

① 奥地利国旗的图案是自上而下由红、白、红三个平行相等的横长方形相连而成,因为咖啡馆提供的面包颜色像奥地利国旗,所以被他们称作奥地利面包。(本书注释均为译者注。)

烟雾，洋葱、啤酒和咖啡的气味，还有客人一波高过一波的谈话声混在一起，形成一种雾气腾腾的温馨氛围。

三月中，冬天好像要失去它的凛冽了，第一阵焚风穿过城市，扫清了天空。西蒙能观察到厨房窗户边的气温计里的蓝色小液柱在上午就已经能爬到冰点以上，并感到肚皮细微地发痒。他期待温暖的日子，期待窗台和露台上的第一缕阳光。三天后，液柱又下降了，沉重的乌云从四面八方垂积在城市之上，又开始下雪了，浓密、沉静、无休无止。但是焚风好像已经把人们的脑袋扫空了，他们脸上灿烂的冬季欢愉也被吹走了。来的客人少了，就算来的那几个，喝潘趣酒的也少了。几个月来笼罩着餐厅的水汽，也逐渐消散了。

有些日子，米拉和西蒙仍会守着窗边老位置。西蒙望着街道出神，恍惚间又想起老妇人预言生意兴隆时的笃定神情——她是对的，生意确实不错，但疲倦如藤蔓般缠上他的脊椎。但他知道必须坚持下去，毕竟这是他的咖啡馆。

玻璃窗上积满颤动的金色灰尘，城市的喧嚣似乎变得遥远，连市场的嘈杂声也不再能触动他。当他意识到这些声响甚至从梦境中消失时，嘴角不由得泛起一丝苦笑。

很久之后，在脸上感到一阵温暖的气流时，他才醒来。米拉把窗户打开了，太阳照耀着，常春藤里能听到麻雀的窸窸窣窣和唧唧啾啾声。

春天到了。

9

啊，真舒服，不是吗？比昨天暖和，还有点太热了呢，简直想脱掉衣服，但以现在这副身躯，不能半裸着坐在这儿了。人会变老，这就是不幸所在。如果年轻时还漂亮过，那变老就更糟了。那落差更大。如果人不是长得漂亮，而是有性格，或者做饭好之类的，就不一样了。如果从来没有漂亮过，可能连死都更容易些。

听说现在波斯皮希尔卖的鲑鱼标价十先令一条，乘火车去阿特湖自己把鱼钓来可能还更便宜些呢。以前十先令能买到五条鲑鱼，如果有的卖的话。但人就是这样，贪婪，像鬣狗一样贪婪。不过波斯皮希尔现在也不容易。自从她的右肾被切走后,她基本就变了个人,完全没落了。无论如何,她不像以前那么吵了。当半个肚子都被掏空后,还有什么好总是激动的呢?刀疤很恐怖,她弯腰时衬衫一滑,外人就能全看到了,好像是鞋匠缝的似的。可另一方面,少一颗肾也不是干什么就都有理了。米拉,麻烦您再给我们来两杯啤酒,好吗?凉的,少点泡沫,谢谢!你看呀,真不能理解,怎么能这么年轻就这么颓废。我觉得还好,而且她挺友善的,这可不是天经地义的。我们这是在维也纳,在这儿每一个友善的人都是可疑的。真应该感到羞耻。因为什么?因为自己的想法。也不是所有的想法都是坏的。大多数是,从根儿上就是坏的、堕落的。那一点希望都没有了?也许吧,但不清楚是否应该期待"还有希望"。"希望"的姐妹是愚蠢。唉,我觉得在这么美好的一天,谈这些有点儿太阴暗了。那边那个人一直在往这边瞧。我认识他,他以前在有轨电车公司工作。也不是什么美男子。男人不必漂亮。可是他瞧什么呢?简直无耻。好像他用眼神就能一下把人戳破似的。是因为我的皮肤吗?我知道,冬天后我的皮肤就不好。你的皮肤不好也不坏,就只是皮肤而已。如果不好,那就必然是坏的,没有中间地带。啊，谢谢，米拉小姐。祝健康。祝顺利，干杯。他还在瞧吗？不知道，我没看他。能再年轻一次就好了，那时候，路灯下的一个吻都能让人很幸福。在回忆里看一切都更美好。但实际上，过去的男人跟今天的一样糟糕。而且以前的煤气灯在夜里总是发着让人讨厌的嘶嘶声。我还记得父亲总是说，不要往回看，生活在前面。但我现在，过去比未来多得多，前面已经什么都没有了，我还一直往前看个啥？但不管怎样，今天阳光明媚，这就挺珍贵了。是呢，不管怎么说。那么，他还在往这边瞧吗？没，他走了。

10

米拉靠着吧台，看西蒙打开啤酒龙头倒酒。米拉在咖啡馆的最初几个月已经过去了，她摔坏过几只杯子：三个潘趣酒酒杯，甚至还有一只漂亮的、装施塔默尔斯多夫红葡萄酒的阔底水晶瓶。西蒙什么都没说。她把碎片扫进大铁皮簸箕里，拿到后面，事情就算过了。在农庄，她会因为每一颗有凹痕的苹果挨一耳光,在工厂她犯了错误也会立即受到惩罚。不管是因为裁样品时剪错太多、布料上沾了油渍,还是缝纫机上的针断了,工人们都必须站起来,在所有人面前被训话。惩罚里有责备和警告,如果错误能明白地追究到具体个人,损失就会从他的工资里扣。

米拉用围裙擦了擦杯子,把两杯少泡沫的啤酒端到外面。她又擦了一遍桌子,与两位女士说了两句话,然后走到黑板前,去描上面的字。

在门旁的一张桌子前坐着小口喝着柠檬茶的罗泽·格布哈特尔。米拉不喜欢她。她总是坐得笔直,挺胸展肩,下巴挑衅地往前伸。她的大衣,即使在夏天也几乎不脱,这么多年已经走形了,跟她本人一样磨损多皱。她戴着金耳环和一条项链,项链上挂着一副窄细的老花镜。她的双手布满斑点,眼珠发黄,脸上化着像普拉特公园里的小姑娘一样的妆。咖啡馆的每一个人都知道,她在找男人,一旦有目标人物出现,从她的动作——用手指玩弄自己烫好的卷发,开始晃动一只脚——就能看出来。有时她会成功,尤其是在夜里比较晚的时候,那她就会让那个可怜的家伙为她买单,然后马上就与他一起消失。男人真笨，米拉边用彩色粉笔描黑板上的字边想，笨或者瞎，或者又笨又瞎。他们看不到她大衣领子上的污渍、鬓角干瘪的皮肤，还有从脚踝一直蜿蜒到膝盖甚至更靠上的青筋。

从市场上传来喊叫声。"肯定是他们又抓住了一个。"罗泽吹着她的茶杯说，茶杯边缘沾着玫瑰红的唇膏，"应该把他的手指剁下来。"

"如果把每个偷过东西的人的手指都剁下来，那在维也纳就没人能握手了。"米拉说。

"住手，你这头烂猪！"一个尖锐的女声喊道。接着是一阵叮里咣当的什么东西碰撞、破碎的声音，然后就又安静了。

"一切还会变得更糟的，"罗泽·格布哈特尔说，"人们现在的日子太好过了。"

在马路另一侧，两个清洁工走过，扫帚扛在肩头，看起来像在远足漫游。他们沉浸在谈话中，响亮地大笑着，没有注意到一个包着蓝色头巾的女人正在他们头顶上方抖落抹布。

在他们身后，老格奥尔格转过街角，他矮小、干瘦、光头、胡子拉碴，脏兮兮的。他坐到门口右侧的桌子前，把手揣进怀里。

"我这一整天光吃灰了,"他说,"所有的东西都沾满灰尘,街道、房子、狗,所有的东西。再这样下去,整个城市马上就要陷入灰尘里了。"他的嘴里已经几乎没有牙了,在说出的句子之间,他的嘴总是会塌陷进去,而且,他脸上的其他部分好像也会随时投降般缩回到自己的内部,消失不见。

"像往常一样?"米拉问。格奥尔格点点头,米拉给他端来一大杯烧酒,瓦豪地区的家酿,杏子的,在舌头上是甜的,但有着木头般干涩的后味。格奥尔格把第一口酒含在嘴里,在口中来回转动几次,才让酒流进嗓子里。他一大早就开始在附近街区游荡,到处停一下,短暂聊聊天,他会去烟草报纸小店,在报纸架前翻看下头版新闻,也会在杂货店买一杯烧酒和一个小黄油面包。大多数时候,他是最早到市场的人之一,会喝上一两杯啤酒,也常喝一杯海德堡啤酒,或一小瓶朗姆酒。天气好的时候,上午就能看到他躺在奥加滕花园的长椅上,蜷起膝盖,头枕在臂弯里。傍晚他常常坐在多瑙河旁,观看对岸凯泽尔穆伦的浮动挖泥船加固河岸。

"烧酒像被灰尘勾了芡,一点儿味儿都没了,"他说,"因为从来都不下雨,我都不记得上次下雨是什么时候了。"

"上个星期，"米拉说，"瓢泼大雨，蔬菜叶子都沿街漂走了。"

"我不记得了，"格奥尔格说，"我身体不好，我感觉我身体里的一切都要变成碎屑了。"

"你想再要一杯吗？"

"没钱。"

"你可以明天再给，或者下星期。不着急。"

"我不欠债！这是原则问题。我的母亲像头牲口一样辛苦。她有五个孩子和一个战士墓，没病过一天，没欠过一分钱。一天早上她走到后面院子里，把脏衣服放进大木盆里，那是五个孩子的脏衣服，她在上面打了肥皂，然后就摔倒死掉了。一个女邻居发现的尸体。她说，我母亲死后看起来比活着的时候好看。"

"其他人在哪儿呢？"罗泽·格布哈特尔问。她把眼镜架到了鼻子上，眼镜腿上的金漆剥落，纤细的链子在她的鬓角前轻微摇晃，链条的黄铜已经磨损得发光了。

"什么其他人？"

"哪，你的兄弟姐妹。"

格奥尔格看着她,好像现在才注意到她。"很久没见过他们了,"他说,"肯定在他们应该在的地方,希望是这样。"

他喝光最后一口,从裤兜里翻出几个硬币,放到桌上。

"我得走了,还有事儿做。"

他没再说一句话,站起来,穿过马路,手腕在大衣袖子外晃荡着。他的大衣很脏,一侧胳膊肘上打着个大补丁,针脚粗大。

"他现在去别的地方喝酒了。"罗泽说。

"他说了,他没钱了。"米拉说。

"他撒谎,所有的酒鬼都撒谎。"

"我不相信他在撒谎。我在他眼睛里看得出来。而且,就算他撒谎了也无所谓。就让他去别的地方喝吧,他是个自由的人。"

"从来没有任何人是自由的,"罗泽说,"而且他是酒鬼,这一点每个人都能看得出来。"

米拉耸耸肩,把桌子上的硬币和烧酒杯收走,又擦了一遍桌子,没再看罗泽。他是个酒鬼,她想,他又老又脏,可能也撒谎了,但是他有自尊心,这就让他比有些人强得多。

11

在普拉特公园的啤酒花园打零工时，罗伯特·西蒙试着喝过几次酒，但他不喜欢酒的味道，也不享受醉意。很多人喝醉后，先是感到一种孩子般的放纵，然后转为突然的愤怒或哭哭啼啼的自怜自艾，最后几乎总是陷入一种消沉、徒劳的沉重感。醉酒后不可避免的难受，第二天也几乎会要了他的命。每一次，当他又违心喝醉时，第二天早上则不得不躺在床上，在僵硬的惊恐中感受一波波不停从里向外冲击他脑袋的疼痛。醉酒唯一的好处是，人可以短暂地自欺——酒伴的闲谈，尤其是自己的废话，会在此时从愚蠢无聊的低地升华进开阔澄明的高境界。这自然是一种谬论，除了极少数的例外，喝醉酒的人都只是胡说八道。

西蒙厌烦这些。一次，一位新教牧师来到咖啡馆，那是一个虚胖软绵、面容柔和、双手像孩子的手一样的男人。他径直穿过餐厅，猛地掀起白色法衣，坐到一条吧凳上，快速地连续喝下五杯啤酒。然后他开始说话：他感到孤独，在这个世界上的孤独，在自己身体内的孤独，尤其是身处一群天主教徒之中的孤独。人不是蜗牛，不是在冰冷大海中游荡的鲸鱼。人需要人。也许有一天人真的能在上帝那里找到至高无上的幸福，但在那之前，人还是孤零零地在这下面的世间。教堂的大理石比妓女走的铺路石还硬，牧师的床比剥皮者、开膛手魔神阿斯摩太的心还冷。很多老实虔诚的信徒肯定会想，奉献给主的一生就是最纯净、最真挚的喜悦，是有着节庆日、歌唱和烛光的永恒庆典。但这正是误解所在。实际上教堂是上帝的矿山，要在里面把人的灵魂从僵石中洗出来、捶出来、炸出来，而且只能用语言和爱的力量。

"难道你们看不出来我有多爱你们吗？"牧师向餐厅内高喊，而除了西蒙和一个为父亲来取瓶啤酒的十四岁男孩，餐厅里没有任何人。

"是，我们看出来了。但也没必要在这儿乱喊。"西蒙回答着，抓住这个新教徒的衣领，相当坚决地给他指出了走到外面街上的路。

那之后过了很长时间，当他在一个晴朗的周日上午在奥加滕花园散步时，想到那个穿着白色荷叶边衬衣的男人时，还是感到些厌恶。总是这样：他们只要多喝了几杯，就会变成白痴；总是那样胡扯、喊叫；政治讨论最终总会变为争吵，有时甚至会失控变成外面路灯下的斗殴。他们不问自答地吼出自己的观点，然后拳头砸在彼此脸上，只是为了第二天又感伤做作地相互拥抱在一起。

但也许西蒙只是因为那么多的长夜累了，因为那些无法解释为什么没有客人来的日子以及那些彻夜辗转的夜晚，忧虑像令人发烧迷乱的小恶魔一样在沉梦里都不放过他。

他在奥加滕宫前停下，在一阵愤怒的心灰意冷中，他狠踢了一脚石子，看着夏季的风把尘土吹到花圃之上。一位仁慈的修女，一个看不出年龄的、白发像棉花一样从头巾下溢出的小矮子，曾有一次对他说，这片花圃下是万人墓，是无数战争遇难者的最后安息地。她说每朵花代表着一个灵魂，只要花还开着，他们就没有被遗忘。

三楼的一扇窗户里传出来一段短短的钢琴和弦，随后一个小孩子的声音响起，开始唱音阶：一个接一个，从低音逐步上升到高音，再降回低音，音调升为越来越冒进的、几乎听不到的，然后再从头开始。

西蒙不懂音乐。修女的歌唱，普拉特公园里小乐队的四重奏轻音乐，还有共产党人在夏日节上的摇滚音乐会，都总是让他陷入一种困惑和不安。老妇人有时会在上午坐在收音机旁听管乐节目。只要金属质感的声音一响起，他就躲进自己的房间，或出发去咖啡馆，去餐厅的安静中刷洗地板。

他上方的一个音符滑为一声戛然而止的刺耳吱呀声，然后是一声沉闷的"砰"，好像有人用展开的手掌打在木箱子上，一个低沉的男声说了句听不清的话，然后是嘎吱作响的木地板上的脚步声，随即窗子关上。

西蒙在那儿站了几秒钟，聆听着，但什么也听不到了。他从宫殿旁走开，横穿过草坪，在周日闲逛散步的人群中没目标地烦闷乱走。一个个家庭和一对对情侣在草地上铺开彩色的布毯，开始享用野餐篮里的食物：凉的炸肉排、鸡腿、啤酒或者仅仅是黄油小面包和苏打水。长椅上成排坐着像灰色大鸟似的、有养老金领的退休老人。他们把脸对着太阳，或者从大衣口袋里掏出面包屑喂鸽子和麻雀。几个街头小男孩在高射炮塔的影子下踢着足球。每当球撞到几米厚的塔墙上算是进球时，他们就扑倒在一起，欢呼着、气喘吁吁地在草地里滚来滚去。在这一片快乐的混乱和沉浸在阳光里的喧嚣中，西蒙觉得自己像是阴郁派来的使者，在只属于他自己的、由厌恶和餐厅气味组成的迷雾中游走着。他走过一条两旁是绚烂花坛的宽阔林荫大道，然后转入通往瓦斯纳尔街出口的路。他咒骂着越过一片低矮的荆棘篱笆，想抄近路时，听到不远处有人叫他的名字。

"嗨，西蒙！"

在一棵老菩提树下，肉铺老板约翰内斯·贝尔格和他的妻子、三个女孩以及一位老年男子坐在野餐毯上，老人在灰色法兰绒西装里流着汗，张着嘴，目光越过树冠盯着天空。

"坐到我们这儿来吧。有烤猪肉和黄油土豆。"

"谢谢，"西蒙说，"太热了。"

"瞎说。"肉铺老板说，"我介绍一下，这是我们的孩子，从大到小是：加布里尔，克劳蒂娅，卡琳。我妻子你认识的。这是我父亲。"

"好，好，"父亲说，他的嘴角里有很多微小的、在阳光下闪闪发光的口水泡泡，"好，好，好，好。"

"当然了，"妻子说，"请您坐过来。孩子们，给我们的客人往边上让让！"

"绝不！"加布里尔惊慌地看着西蒙说，"那我们就什么也没有了。"

"就是，什么也没有了！"克劳蒂娅尖声喊道。

"闭嘴，"肉铺老板说，"篮子里有五公斤五花肉。"

"我真不想吃，"西蒙说，"我今天已经吃过早饭了，而且这一切的热闹和大太阳让我有点不舒服。"

"邀请就是邀请。"妻子说。

"他是谁？"卡琳问。

"爸爸认识的人，"加布里尔说，"他要把我们的一切都吃光。"

"你们住嘴，"肉铺老板又说，"今天是星期天。"

"那和这一切有什么关系？"妻子问，"而且不应该跟孩子这样说话，尤其是在外人面前。"

"我想，我还是走吧，"西蒙说，"得去给咖啡馆开门了。"

"不行。"妻子说。

"绝对不行。"肉铺老板说。

"好,好,好,好。"父亲说。

"我受不了了,"克劳蒂娅喊道。她跳起来,冲到菩提树旁,用额头抵着树干。

"你给我立马回来。"肉铺老板叫道。

"别对着孩子大喊大叫,"妻子说,"本来就已经够难了。"

"什么已经够难了?"肉铺老板问。

"一切,"妻子说,"而且会越来越难。"

"我想玩球。"卡琳说。

"谁知道芥末酱在哪儿吗?"加布里尔在野餐篮里翻找着问,"如果我们忘了带芥末酱,我就躺到那边的草丛里去死。"

"我真该走了。"西蒙说。

"您会感到遗憾的。"妻子说。

"好,好,"父亲说,"好,好,好,好。"

"好吧,"肉铺老板艰难地从野餐毯上站起来,"我陪你走一段。"

在菩提树下的绿色光荫下，他们一起走向公园出口，然后在出口停下告别。

"我的周日就是这样的。"肉铺老板说，他叹口气，垂头看着地面，公园的游客几十年来把铺路石子踩踏成了光滑的、亮的、晃眼的平面。西蒙感到不太自在。他认识约翰内斯·贝尔格已经多年，尽管他们从未明说，甚至可能都没想过，但任何认识他们两个的人都称他们为朋友。而现在，直到此刻，西蒙才第一次意识到这一点。他们又沉默着面对面站了一会儿，然后肉铺老板的身体内仿佛忽然穿过一阵颤动，他从路面石子上抬起视线，用微微发红的眼睛直盯着西蒙的脸。

"她怀孕了，"他说，"又一次。"

"哦。"西蒙说。

"还看不出来，但已经是第四个月了。"

"都已经第四个月了。"

"一开始我不想要，担心的事太多了，但是她说，那样太可惜了。"

"那么小的一个小东西。"

"已经是一个真正的人了，而且已经会动了。"

"大家肯定很高兴。"西蒙说。

"是，"肉铺老板说，"四个孩子，谁能想到。如果想照顾到所有人的话，将会有一大堆事要做。"

"这是一件大喜事，恭喜。"西蒙说。但是当他后来打开咖啡馆的门，从刺眼的阳光里走进昏暗的、只有冰箱嗡嗡声和地板轻微吱呀声的寂静中时，他也不再确定刚刚自己对肉铺老板的道喜有多真诚。

他在餐厅转了一小圈，擦拭了吧台，把桌椅摆正，打开窗户。他搬了一把椅子放到开着的大门之间，看着街道。几只鸽子在石子路上碎步走着，一直跟着它们自己的影子直至消失在拐角处。一会儿第一位客人就会来了。也许是那个戴着破眼镜的男人，他用胶带缠住了眼镜腿，一坐下就把眼镜摘下来放在身前的桌子上——总是用双手小心翼翼又温柔地拿放，好像眼镜是用糖吹的一样。或者是韦塞利和有一只玻璃眼的布拉哈。又或者是那两位女士。也可能是老格奥尔格，周日他都是比较晚才开始喝酒，到了中午他的身体还在颤抖，心情也不太好。想到这些每天聚集在他咖啡馆里的迷失的灵魂，西蒙不由得微微一笑。他再次向后靠仰，伸展了一下双腿。然后他站起来，开始在外面布置桌椅。

12

在露台边缘的一张桌子旁坐着牛奶奶酪店老板海德·巴尔托洛默，她正激烈地比画着怒斥对面座位上坐着的人——画家米沙·特罗甘耶夫。

"结束了，"她说，"完全过去了。彻底地。因为我已经不在乎你了。直到昨天，我可能还会因为你跟像赛德拉克那种浓妆艳抹的贱货乱搞在一起掐断你的脖子，但现在我不在乎了。我不屑于与你们为伍！"

"她对我有感觉，大自然就是这样的，人对此无能为力。无论如何，我跟这件事没任何关系。"

"人总是浪费自己的感情，可怜可悲，人应该被珍惜。"

"我到底在哪儿乱搞了？"

"我不知道，也不想知道。人不必凝视每一个深渊，去确定深渊没底。"

"我只是帮她搬了腌黄瓜的桶，仅此而已，之后我们还喝了一杯，站着喝的，就是解解渴，人总该还是有自由做这些的吧。而且她病得很重。"

"乳腺癌又不是要死了。"

"她的右侧乳房已经做手术割掉了。那些腌黄瓜桶太重了，不帮忙的人不是男人。"

"如果你是男人，你就知道，你该在哪儿。我身上可是什么都还有。"

"时间不会在任何人身上不留痕迹地流过。"米沙耸耸肩说。

有一瞬间，安静了下来。旁边桌子上的客人也暂停了对话，缩着头盯着自己的杯子。

"你什么意思？"海德声音颤抖着问。

"只是这么一说，"米沙说，"就是泛泛而谈。"

"真该有人砸破你的脑袋，你个骗子！"海德·巴尔托洛默尖叫着跳了起来。

"我没砸，只是因为我是位女士！"她抓起两只半满的酒杯，一口气喝下去，跑到街上，又转过身大喊，"狗东西！畜生！魔鬼！"然后她跑起来，连路上的状况都不顾，从利奥波德街跑到市场上，消失在摊位之间。

米沙坐在那儿，尴尬地微笑着。邻桌的交谈也慢慢恢复，从柜台旁注意到吵架结局的米拉走到外面露台上。

"你要再喝一杯吗？"她问道，并把杯子从桌子上清走。

"人是孤单的，"他说，"她想要我怎么样呢？我能去追她，求她原谅，如果我知道是因为什么的话。而且她没认清自己的情况。像我这样的男人不是随便哪里都有的。她就臆想她想要什么吧，我无所谓。"

"要还是不要？"

他点点头，米拉走进去倒啤酒。透过开着的窗户，她看到他慢慢伏到桌上，把额头枕在手上。

米沙本来的名字是维亚切斯拉夫·米哈伊洛维奇·特罗甘耶夫。他出生在俄罗斯，是个孤儿，在小城莫罗佐夫斯克跟身为半贵族的伯祖母长大。四岁时他就已经展现出在绘画上的天赋和对年长女性的某种偏好：在周日的女士茶话会上，他会钻到桌子和女士们的裙子下面，用彩色粉笔在地板上记录他在下面看到的风光。

在以打架、酗酒为主的中学和大学时代后,他在二十岁时离开了伯祖母,开启了他的冒险之旅,沿着黑海,穿过土耳其、保加利亚、罗马尼亚和匈牙利,来到奥地利,为了在维也纳学习绘画。他通过了学院的入学考试,但还在第一年就被不光彩地开除了,因为他和院长夫人在雕塑工作室被撞见了,他们正赤身裸体地翻滚在一组神话人物石膏雕像的脚下。

米沙对此无所谓。他留在了维也纳,搬进塔博尔施比茨的一间没有暖气的半地下室公寓继续画画。他每天中午去市场,在摊位之间随意找块儿地方,撑开画架,一直画到商铺快要关门。他描绘市场的各种场景:热闹的,空无一人的;画出各种颜色:像鲜肉的红色,像鱼的银色;也画雨中静止的灰暗。如果他不喜欢某幅画,就把它直接扔进水沟里,画之后会和团皱的防油纸、鸡头、腐烂的蔬菜叶子一起被城市清洁工推成一大堆,铲进垃圾车大大张开的嘴里。如果他对画作满意,就把它带到海德的牛奶奶酪店,在一个加建的小屋里,在一个坏冰柜、一堆生锈的瓦楞铁皮和几袋已经吸潮的融雪盐之间,储藏他的画。

米沙认识几乎比他大十五岁的海德时,她刚在丈夫脑中风去世后接手了店铺,一个人继续经营。在三天的哀悼后,她就重新开张了,卖的东西增加了坚果和干果,还在房梁上钉了一个牌子,远远就能看清楚上面写的"牛奶和奶酪——海德"字样。那时候,她美丽的外表就已经因多了不少公斤的体重和逐渐灰白的头发而打折了。米沙不在意这些。他认为,某些女人的美丽本来就不在外表,而更在于她与生俱来的气场,而这只有很小的小孩子和很伟大的艺术家才能看到。

在一个阳光灿烂的周五上午,他去和她搭话了。她坐在黄瓜绿的遮阳篷下,边用木勺子往自制的凝乳中搅拌掼奶油,边擦拭着溅到脸上的小白点。

"我听说过它,"他指着她两腿之间的碗说,"这是在维也纳能买到的最好的凝乳。"

"是的,就是这个。"海德说。

"我很想知道,怎么能把它做那么好。"

"如果知道怎么做,就很简单了。"

"那您大概很清楚是怎么做的,对吧?"

海德·巴尔托洛默把勺子插在碗里，双臂交叉抱在胸前，看着他。

"跟你有什么关系？"她说，"你想要我怎么样？"

"我想尝一尝，"他微带俄语口音地说，"如果好吃，就想要更多。"

"或许可以安排。"海德·巴尔托洛默说。然后又拿起勺子，目光没再从米沙的脸上移开，以无尽柔和、流畅的节奏，继续搅拌着她的凝乳。

"你必须向她道歉。"米拉说着，把新鲜啤酒放到米沙的脑袋旁，他的头还压在手上。

"因为什么道歉呢？好像我做了什么错事似的。"

"你就是做错事了。谁都知道，你过得多狂野，更不用提那个赛德拉克了。而海德对这一切最清楚，可她还是忍着你、养着你，让你吃她的、住她的，还有其他的种种。而且你还能在她的储藏间存你的画，一分钱都不用付。"

"但这都是为了艺术，"米沙喊道，忽然坐起来，"而且，谁应该给谁付钱还不一定呢。"

米拉双手叉腰，向桌子迈进一步。

"你现在就过去道歉,因为什么不重要,你明白了吗?"

米沙好一会儿一言不发,只是上身笔直地坐在那儿,双手叠放在桌面上,额头上还有白色的手指印。他的脸色变了几次,轻声叹息,好像呼吸会让他感到疼痛似的。

"那我能至少把啤酒喝完吗?"

"不能!"米拉说着并一下拿走桌上的玻璃杯,转身走回餐厅。

13

勒内·武尔姆肚皮着地,爬动着试图躲开像冰雹风暴一样噼里啪啦落在他脖子上的拳头重击。伯尼·碎骨者·普雷斯顿坐在他的背上。伯尼比他矮一头,重一百五十公斤,每次格斗日前都会办一场公开的强化训练,用拳头和膝盖猛击装满玻璃球的皮革袋。他的胸前文着美利坚合众国的国旗,他一上台,美国国歌就震耳欲聋地响起,他便会随着音乐双眼含泪地微动嘴唇。

干草市场的座位全部卖出，一个不剩。人们狂热地喊叫着，有几个人跳到椅子上摇摆着帽子，或者向伯尼扔纸团，纸团碰到他被汗水打湿的背再反弹回来。没人支持碎骨者，但他好像毫不在乎。他一再抬起头，向观众微笑。那是一种友善的、放松的微笑，好像在邀请人们对他喊骂出更多的愤怒。他曾靠一招十字固定技，而且是在裁判背后，把观众们最喜爱的格奥尔格·布勒门许茨打晕，而现在这家伙又快要战胜本土摔跤手队伍中的另一位英雄了。

勒内看了一眼教练桌子上的钟表。还有六十秒。他必须够到围绳，拉着绳子把自己拽起来，再挺身站直，先把对手从身上甩下去，然后在最后一秒借助飞跃剪刀脚掀翻对手，一举得胜。

忽然，他感觉不到身上的击打了。伯尼已经坐直，高举双臂。观众激动失控，咒骂，咆哮，几个急性子甚至试图冲上擂台，秩序维护员好不容易才把他们拦下。很多人喊着勒内的名字。

"站起来！干翻他！"

只有几个故意捣乱的人给美国人加油喝彩，另一伙人则试图盖过他们的呼喊声。干草市场的主持人在喇叭里哇啦乱喊。伯尼微笑着。

他不是美国人。他本来叫弗兰蒂塞克·弗拉斯滕斯基,他父母来自波希米亚,直到战争开始前,在维也纳南部的一家砖瓦厂工作,父亲是铲工,母亲是灰浆搅拌工。德国突袭波兰那天,弗兰蒂塞克一岁,战争结束时,他已经能用双臂环抱母亲,把她举到简易厨房的洗碗池上。那之后不久,他加入了一家搏击摔跤协会,很快便被视为无人可敌之人。他强壮、无所畏惧、卑鄙狠毒。二十六岁时,他离开了专业擂台,来到干草市场。他在胸前文上了美国国旗,自称伯尼·普雷斯顿,学了几句英语,用奇怪的带有卷舌又含糊的口音对观众大吼:"我要碾碎你的骨头!"

勒内挣扎着。他累了。他比伯尼大十岁,他太高太重,他不是专业的摔跤手,他甚至都没真正打过拳。技术方面的欠缺让他只能靠力量和体型来弥补。但是最近他的关节一直在疼。如果他从角柱上做死亡跳跃时落地不当,后背的下半部就会感到剧烈刺痛,在上个星期,他还因为肩膀扭伤错过了整轮决赛。

还有三十秒。勒内向前扑去,抓住围绳。他拽着绳子起来时,感觉到伯尼从后面双臂交叉钳制住他,头按在他的肩膀上,脖子上是伯尼的胡子茬,耳朵里是伯尼温热的呼吸。"现在轮到你了,"伯尼·普雷斯顿带着波希米亚口音悄声说,"不然就来不及了。"

勒内抬起头,直视着观众,他忽然把自己从地板上撑起来,疾速站直。像约好的一样,伯尼向后飞去,沉闷的"啪"一声后背着地摔倒在擂台上,然后眩晕着挣扎起身。还有二十秒。观众沸腾了。所有的人都站了起来,狂吼着。勒内转过身,看着对手站起来。一顶帽子飞过天空,在擂台地板上投下一道滑翔的阴影,落在擂台另一侧,消失在座位间的混乱中。真蠢,勒内想。结束它。他膝盖发软地迎着碎骨者走去。还有十秒钟。他站住。助跑很关键。两步——屈膝——起跳。伯尼·普雷斯顿抬头看着他。"干啊,"他的眼神好像在说,"快点,你必须现在就干,不然就完了。"勒内认识这个眼神。榛子棕色的眼睛。有那么几分之一秒,他感觉,不是伯尼站在对面看着他。米拉,他想,是米拉。下一刻,伯尼·普雷斯顿就向他扑了过来。在被一记过肩摔扔到地上、呼吸的空气被掠走之时，勒内还尝试了一下原地站立直接起跳。

比赛三天后，勒内站在咖啡馆前，西蒙正忙着用一把扫街的扫帚和一桶蓝色液体刷洗露台上的鸟屎。

"我必须跟你谈谈。"

"我们还没开门呢。"

"米拉在吗？"

"不在，我说了，我们还没开门呢。"

勒内难以找到合适的词语。他犹犹豫豫地绕了一会儿圈子，才重新开始尝试。

"我必须跟你谈谈。"

他好像是跑着来的。这是西蒙第一次看到他在擂台以外的地方出汗。他往头发上涂了发油，发油与汗水混在一起，沿着两鬓成小细股地流下来。尽管天气炎热，他还是把自己挤进一件黄色的衬衫里，腋下散开了深色的汗渍，还穿了一条牛仔破洞短裤。他的双腿看起来像剥了皮的树干，脚上穿着凉鞋，露着因为多次踩踢而变黑的脚指甲。

"好吧，"西蒙说着把扫帚靠在墙上，"怎么了？"

勒内用手擦擦脸，向西蒙走了几步，但在他跟前又转了个弯,沉重地落座在一张椅子上。

"是关于米拉的。"他说。

西蒙等着。整整一分钟过去了,勒内保持沉默。

"现在可真是够了,"西蒙说,"如果要我听你说话,那你就必须讲话,不然没用。所以,米拉怎么了?"

"我怎么知道!"勒内喊着,把双臂高高举起。"我自己也想知道,她怎么了。可我就是不知道呀。所以我不得不总想着她。你看,这儿!"他把上身向前倾,指着胸腔的一个位置。"我的肋骨裂了,我想,最上面一根可能都断了。"他深吸一口气,呻吟起来,"疼死了。"

"米拉和这个有什么关系?"

"本来没任何关系,可又全都是因为她。我不是说是她的错或什么。她根本都没在现场,是伯尼干的,但也不能怪他。我们约好的是,我在最后一秒把他掀翻。剪刀脚,扑倒,就完了。一切都按计划进行,快到最后了,只剩几秒,人们大喊大叫着,到时间了,但我做不出来。我做不到。他就像魔鬼一样扑上来了,砰砰,我趴在地上……"

"那你为什么没把他掀翻?"

"就因为这个,我做不出来,因为我突然看到的不是他,而是米拉。"

"所以她也在?"

"没有。但也在。是因为她的眼睛,跟伯尼的一样,当然不是完全一模一样,但几乎完全一样,像榛子。我那样站在他对面,就忽然看到了米拉。"

"像榛子?"

"我老早就发现了。其实是她开始在这儿工作那天就发现了。每当她看我的时候,我都觉得怪怪的。我真的感觉到了,你相信吗?然后我回到家,想着她。躺床上,想着她。在擂台上站在上万个人面前,还是想着她。这一切会怎么样啊,西蒙?"他又呻吟一声,用双手抹抹脸,继续说:"无论如何,不能再这样下去了。下一次不是伯尼,而是克涅夫斯科夫,或者俄罗斯人里的一个,那我就不只是裂几根肋骨了。所以我想……所以我想,是不是她也许也能忍受得了我呢?"

"谁也许能忍受得了你?"

"当然是米拉,我这半天都在说谁呀?如果她也能忍受我,也许有些事就解决了。如果不能,那至少我知道自己的处境。我只是不知道，怎么才能弄清楚呢。"

"弄清楚什么？"

"她是否能受得了我！我不是最聪明的，柜子里不超过两双鞋。但我有肌肉，受得起打击，而且我是一个好人呢，不是吗？我是的，西蒙，是一个好人，对吧。"

"人永远也不可能完全确定，但我想是吧。"

"是的，我是好人。而且我想向她证明。但我得先搞清楚，她是否能忍受我。你是咖啡馆老板，你肯定知道这些事是怎么回事。"

"什么事呢？"

"跟女人有关的事！"勒内叫道，"跟女人相处，我的天啊！"

"哦，"西蒙有点惊讶地说，"虽然我不认为真有谁对这些事有所了解，但如果你非要听我的意见的话，也许你应该邀请她去散散步。走路的时候聊天很方便，想不出要说什么也没关系。在普拉特草地上，到处都是泥土的香味儿，在栗子树下，光线绿幽幽的，尤其是在刚下过雨之后。"

"可我应该跟她说什么呢？"

"就说你想对她说的话,"西蒙说,"你不知道再该说什么了,就让她说。现在我真得干活了,咖啡馆不是自己就能开门的!"

勒内在店门旁坐了整整一个小时,目光迷蒙地看着西蒙忙活,而在他的内心已掠过一幕幕让他慌乱难熬的画面,在所有的想象中,他总是一个蒙受耻辱、遭遇毁灭的白痴。他的肋骨很疼,五脏六腑都颤抖着,而且他感觉自己整个人仿佛都将要在这中午的炎热中出汗蒸发掉。他问自己是否就快失去理智了,是否最好站起来赶紧逃跑,穿过帝国大桥,一步不停地一直跑,一公里又一公里,向东,一直跑进多瑙河河滩的深处,在树木阴凉的安静中伸展开四肢,永远躺在那儿。

一点钟米拉准时出现在拐角处。她穿了一件白衬衣、一条黄色短裙,头发在头顶松散地扎成团,脸在阳光里熠熠发光。勒内觉得她看起来美得几乎不真实,在他从椅子上站起来,摇摇晃晃走到她面前时,就确定自己将面临绝对的、不可逆转的失败。

"我是想……"他开口,但是发现这样显然不会有什么结果。他几次把重心从一条腿移到另一条腿上,每次都换得那么突然,好像柏油路面烫到不能站在上面一样。然后他交叉双臂放在胸前,用闪烁的目光盯着米拉。

"也许,我不是最好的,"他说,"但我是个好人,所有人都这么说。"

"真的是所有人吗?"米拉说。

"是,至少所有认识我的人都这么说。他们肯定有自己的理由这么认为。我这辈子从没骗过人,而且我很健康,我一记左拳能打倒两个正常体型的男人。说这些是因为,我想说,我觉得我是个能被忍受的人。"

"今天真热,"米拉说,抬头眯眼看着天空,"这么美好的一个夏日。"

"是,"勒内说,"热得要命。就这样,我已经在这儿坐了一个小时了。为什么呢?因为我在等人。"

"等谁呢?"

"你,"勒内说,"因为我想问你,愿不愿意跟我一起去散步,去普拉特公园,因为草地、光线什么的,所以,你愿意吗?"

她好像考虑了几秒钟,然后向他走了一步,伸出胳膊,碰了碰他的肩膀。"好的,我想,我愿意,勒内。"她说。后来他在一生中回想过那么多次这一刻,却从不明白,当时是什么更让他不知所措:是米拉放在他肩上的小小的、温暖的手,还是她没有当面大肆嘲笑他这个不可思议的事实。

14

一九六九年秋天,在大概开业三年后,罗伯特·西蒙萌生了留一天休息日的想法。咖啡馆在附近一带很受欢迎,啤酒总是凉的,甚至有人专门从塔博尔大街的另一侧过来吃午餐。也有生意低迷的时候,尤其是在秋天和冬天快结束时,但好日子的收入可以帮助西蒙度过困难时期。现在他甚至存下了一点钱,包在塑料薄膜里,贴在冰箱的背面。咖啡馆的工作让他感到快乐,但是一段时间以来,他感到一种持续深埋在骨头里的疲倦,有时候他渴望在下午能有几个小时的空闲时间,不必满脑子想着购物清单、易裂的啤酒管、客人的心情或为什么没客人来。他想，如果能再次在多瑙河边坐一整天，观察货船，肯定很惬意。

在家里厨房的餐桌上，他与战争遗孀讨论了这件事。"纯从经营上看，一周休息一天还过得去。"他说，"而且，人总得休息一下。我的脚踝感觉起来就像在关节里扎着磨碎的玻璃一样。"

"是，"老妇人说，"必须休息一天。最高天意也是这么决定的。"

"星期天不行，那天生意太好了，周五和周六也不行。周一绝大多数的店都关门，我也在那天休息就有点可惜。"

"那就周二。"老妇人说。她站起来，把她的茶杯和饼干盘拿到洗碗池去冲洗。西蒙观察着她在印花家居裙下的背和肩膀，她看起来好像已经没有重量也没有力气了，但是她手臂的动作依然还很轻快精准。她裙子上的花朵上下起伏着，好像衣服下面有什么开始颤抖，好像她那狭窄、瘦骨嶙峋的背随时可能裂开似的。

在他第一个休息的周二，西蒙越过多瑙河，往南走去了凯泽尔穆伦区。在河漫滩上，他脱下鞋，赤脚走在被露水打湿的草地上。泥土清凉，每走一步脚下都发出"吧唧"声。在一个长满灌木丛的弹坑边缘，他把上衣外套铺在地上，坐在上面，背靠着一个树桩。他脱下衬衫，让阳光晒到肚子和肩膀上。草丛里的云雀不知疲倦地飞起、落下，响亮地叽叽喳喳一片乱叫，然后又振翅高飞。多瑙河像一条宽阔的灰色缎带流淌着，城市在河后延绵展开，一片由白色、灰色和黄色方块儿组成的丘陵景致。风带来了城市交通的嘈杂声。一艘砾石驳船离开码头，缓缓向卡伦山方向驶去。在远处的一片片屋顶上方，摩天轮的顶端耸入天空。

墨西哥教堂上的时钟指向一点半。在这个时间，第一批客人已经走了。这是一天中最安静的时刻，是家庭主妇和午后安静饮酒人的时间。要到三点咖啡馆里才会再次热闹起来，这时商贩会来喝一小杯浓缩咖啡或一杯加了朗姆酒的茶，两位女士会占据她们在露台的桌子，下早班的工人也会来。西蒙想着他的顾客。奇怪的是，关于他们，他知道得那么少，但又那么了解他们。可是，也许这只是他的错觉。也许实际上他不了解任何人，可能连自己都不了解。尤其是自己，最不了解。也许人自己始终是最大的谜，西蒙想，就像那只纹丝不动站在岸边的鹭鸟一样令人费解，但实际上那只是一根被冲到岸边的枯树枝——纹丝不动，干枯的、黑色的。

晚一点儿后，当他在回家的路上穿过北桥时，太阳正低垂在卡伦山之上。在下班高峰的车流中，他脚下的水泥微微颤抖着，阳光使呼啸而过的汽车的车窗上发出一道道明光或闪烁的光亮。对岸的房子已经投下长长的蓝色阴影。一阵风吹来，带着河滩的湿润空气。西蒙抡着手臂，让自己保持温暖。他睡觉时把脖子躺僵了，双脚被无数昆虫叮咬过。他下了桥，沿着贸易码头大街走了一段，然后左转进入一条通往西北火车站的连接路，在车站的废弃铁轨之间，两个恋人紧紧相拥躺在野草丛里。在路另一侧，一个男人低头垂肩走着，干枯的手腕晃荡在他打着补丁的脏大衣的袖口外，是老格奥尔格。

"嘿，"西蒙喊道，"你在这儿干什么呢？"

老人吓了一跳，转过身。"没什么，"他耸耸肩说，"我什么都没做。"

西蒙注视着他。瘦削的身形，凹陷、晦暗的脸颊上长着灰色的胡茬。

"明天过来吧，"他说，"我请你喝一杯。"

老格奥尔格点点头表示谢意，然后转过身，拖沓着小步走了。西蒙目送着他，直到他潜入一个水泥滑槽的阴影中，然后向右转，消失在下一个拐角处。采石场的鸣笛在布里吉特瑙的多瑙河岸响起，释放一班工人下班。西蒙看看四周，那对恋人已经不见了，好像他们消散或沉没进废弃轨道之间的土地里了。

15

在那之后的冬天，罗伯特·西蒙遭遇了一场让他失去了右手三根手指还差点丧命的灾祸。三月初，严寒好像失去了它的凛冽，厨房温度计里的小液柱爬上了十二度，普拉特公园里的雪花莲和蓝色星星般的绵枣儿都开花了，几个乐观的餐馆老板开始在花园布置第一批桌子。但这种春天的预感只持续了三天，然后云又堆积起来，开始下雪。温度计在夜里下降到零下十五度，普拉特公园的小花在晨霜里变得苍白。西蒙又铲起了雪，往人行道上撒锯末，敲掉窗台上的冰，用一盏本生灯①加热雨水管，防止铁皮冻裂。

咖啡馆里很是冷清。在这样的寒冷中，人们更愿意待在自己家有着家具抛光剂香味的温暖客厅里，在电视上看看新闻或看一部侦探悬疑电影，而且两个电视频道不久前才开始播放彩色节目。下午时，西蒙和米拉又能在窗边坐几个小时，看着外面风雪飞扬。老格奥尔格和罗泽·格布哈特尔会来，还有纱线厂的女孩们，有时某个商贩也会短暂来访，喝杯潘趣酒暖和一下。画家米沙有时也会在下午来，他把脚伸在暖气片下面，在这种天气，他很难用僵硬的手指握住画笔，而且颜料会皲裂，失去光泽。

在最冷的那天，温度在夜里降到了零下十七度，整个上午也没有一点儿回升，就在那天，暖气坏了。没几个小时，窗户上就长满了冰花，外面能听到屋檐雨水排水管发出的噼啪、咔嚓声。西蒙和房东科斯蒂亚·瓦夫洛夫斯基一起去地下室检查暖气锅炉。

---

① 本生灯，德国化学家罗伯特·威廉·本生（R.W. Bunsen）发明，通称煤气灯，多用于化学实验。

他们走下满是灰尘的台阶,穿过地下室走廊,一直往后走,锅炉在最后面的一个角落里——一个布满锈垢和风干油渍条纹的巨大黑色怪物。

瓦夫洛夫斯基把手放在锅炉的铁壁上,闭上眼,在那儿站了一分钟,一动不动,然后他弯下腰,在一个可调节的螺丝上摇了摇,把位于恒温器下方的旋钮转到第五挡。

"是个老东西了,"他说,"但敲打敲打还能动。"

他从外套口袋里掏出一把大扳手,用尽全力砸向侧壁上的一个阀门。

"得使劲儿砸,不然它啥也感觉不到。"他打开煤气盖,按了按下端的两个按钮。随着咔嚓一声和一阵叹息似的声响,火苗跳起来了。

"还需要一会儿,"瓦夫洛夫斯基说,"但最多两个小时,你就能在楼上的暖气片上煎鸡蛋了。"

咖啡馆几天里都充满了一种热带的炎热感。从外面进来的客人,要克服四十五度的温差,这让有些人的身体承受不住。哈拉尔德·布拉哈在喝了第一杯潘趣酒后,身体忽然失去了支撑力量,那只真眼鬼怪似的旋转起来,如果不是他的朋友韦塞利在最后一刻抓住他的领子并把他摇回到清醒状态，他就滑到桌子下面去了。工人只穿着背心坐在桌前，纱线厂的女孩子们自己染色的头发里流出了汗，在衬衫领子上形成一块块深色的污渍。西蒙所有调低温度的尝试都失败了。暖气片上的调节器与铸铁螺丝紧密黏合在一起，一毫米都拧不动。

"我受够了，"他对米拉说，"我马上就回来。"

还在楼梯转弯处平台，他就已经听到低沉的轰隆声和咔嗒声，当他沿着走廊走近，在昏暗的吊灯灯光下看到暖气锅炉时，他忽然短暂地感到，锅炉似乎真的有生命。"保持冷静，"他对煤气盖上由排气缝和两个洞构成的闪烁着的脸说，"我不会把你怎么样的。"

他把调节器拧到一挡，又敲了两下调节螺丝。也许你跟这栋房子一样老了，他想，甚至可能更老。但这个冬天你还得撑过去。那之后我会去跟瓦夫洛夫斯基说的，我们会给你找块儿地方的，我保证。

他仔细聆听着。在锅炉里面的什么地方，他听到了一阵沉闷的声音，像有人在吸气时呛到了似的，紧接着，他就被抛向空中，诧异地看着他四周的空间变宽阔，并最终像一个巨大的软气泡一样无声地爆裂开。

利奥波德城消防总站,消防二队记录道:

一九七〇年三月七日,海德巷和利奥波德街夹角处的房子的地下室内,咖啡馆老板罗伯特·西蒙在暖气锅炉的爆炸中极近距离存活。推测因为阀门和外壳老化超负荷受损,导致超压和随后的爆炸。爆炸中地下室墙体部分受损,导致较大规模的漏水,房屋短时停电。未花费太多人力和物资,便从瓦砾和炸碎的金属片中搜救出咖啡馆老板。显然是爆炸的压力把他甩到了约十米长的走廊后的墙壁上。被发现时,他可以对话,但很迷茫。因为伤者全身覆盖着一层尘土,初看并未辨认出明显创伤。然而在后续清理工作中,在一个壁龛处发现了蹊跷平行并排的、雪白而干净的——三根手指。断指随即被送到医院,但很遗憾,没有续接上的可能。房子的承重力学结构貌似未受损,未发现外来因素迹象。警方在场,已通知水务煤气公司。已签字、盖章、归档。

罗伯特·西蒙在圣约瑟夫医院待了两个星期,和一位佩希托尔茨多夫的葡萄酒酒农合住一间安静的病房,酒农的妻子在调度拖拉机时碾了他的一只脚。

"在葡萄山坡上就不会这么糟了,"酒农说,"但在家里院子上,地面都上了沥青,现在这只脚是肉泥了。但我不怪她。"

他喜欢谈论他的妻子,讲她干活时的优点,讲她那传奇的双腿,那么紧致、白皙、纹理细腻,像是用意大利大理石雕成的。

"这样的双腿是上帝的礼物。"他说,"我常看到她站在葡萄藤之间的某个地方,然后脑子就会变傻,尤其是在中午,当太阳把人的理智都烤没的时候。难道仅仅因为她轧烂我一只脚,我就会不再爱她吗?"

西蒙赞同他的想法。但是,他大多数时候不说话,只是默默地点点头,因为酒农说的话,他能听懂的几乎没有一半。爆炸不只炸掉他三根手指,还造成了他左耳耳膜穿孔。一片碎片擦过他的胸部,在锁骨下撕开一道长长的、丑陋的伤口。还有一片儿插在他大腿里。

"会长进肉里的，"主治医师说，他是个在两颊留着浅黄色胡子的老人，被他的同事们称为"剔骨刀"，因为他在战争期间给病人做过几百次截肢手术，也从伤口里挖出过同样多的金属碎片。"很快您就感觉不到它了，那时它就成了您身体的一部分。"

在第一个探访日，米拉和约翰内斯·贝尔格来到他的病床前。

"哎呀，"肉铺老板看到西蒙手上笨重的绷带时说，"看起来很糟。"

"会好起来的，"西蒙说，"咖啡馆怎么样？"

"没受什么影响，"米拉说，"地板下砰一声巨响，几只玻璃杯从架子上掉下来了，就这些。"

"现在得先关几天门，"西蒙说，"我不会很快从这儿出去的。"

"没暖气开门也没意义。科斯蒂亚·瓦夫洛夫斯基说，新锅炉得过几天才能到。"

"那锅炉之前就是垃圾，现在彻底报废了。"西蒙说。

"至少房子还在。"肉铺老板说。

"是，至少。"西蒙说。

谈话让他很疲倦，他记不清谈了什么。直到米拉和肉铺老板走了很久之后，他才又想起来，想到他们脸上担心的表情，想到摔坏的杯子，那些玻璃碴儿肯定会在顾客鞋下咯咯吱吱响很长一段时间。

接下来几天，他是在恍惚中度过的。在医院的时间对他来说像是一个被拉长到极致永恒的瞬间，只是被吃饭、医生查房和葡萄酒酒农热切的讲话不时打断。也许是因为药的作用，在药水通过细管滴进血管时，他就已经感到梦幻，他手上的疼痛，或者准确地说，手上还剩余的部分感到的疼痛，转化为一种舒服的、低沉的轰轰声。

直到一天早上，当他眯眼看阳光时——阳光从窗户斜射进来，让房间充满晃眼的明亮，他才意识到，在过去几天他错过了什么：春天到了，温暖而美丽，在医院公园的树上，在黑色潮湿的枝丫之间，能看到第一抹新绿。

葡萄酒酒农躺在他的病床上，睡梦中呼吸沉重，有时他的嘴角会轻微抽动，看起来像在微笑，像是他梦到了在葡萄山坡的金色阳光中的两条紧致又白皙的腿。

16

他们现在要建一条地下铁路。可真有想象力。像鼹鼠一样在城市下面挖。你想想,都会挖出来什么吧。在维也纳,每一块铺路石下都有一颗骷髅头。那永恒的宁静可很快就要成为过去了。这些浑球。选马雷克当市长,就是这个结果。但能怎么办呢,红党没有更好的竞选人,黑党[①]根本就没竞选人。不管怎样,他擅长讲话。是,因为他的话不管用,说话管用的人,往往不怎么讲话。马雷克整天都在讲话,所有人整天都在讲话,但是没人听他们说什么。尽管如此,他还是不停地说,要建地铁,在圣史蒂芬大教堂要建一座尽头式火车站,上帝大人都要转过身去不看了。我很高兴,我丈夫

[①] 红色党派是社会民主党,Sozialdemokratische Partei Österreichs,缩写为 SPÖ,一八八八年成立,当时取名为奥地利社会民主工人党,一九三四年被取缔。一九四五年重建为奥地利社会党,一九九一年六月改用现名。黑色党派是奥地利人民党 Österreichische Volkspartei,缩写为 ÖVP。

不必经历这些。先是战争，然后在有轨电车公司工作二十三年，最后是癌症，这一切已经够了。有轨电车上很快就要不再配售票员了。真是荒谬。不过，那些售票员并不友好，一个比一个不通人情。女售票员还好，至少对小孩子很亲切。其实就应该只有女售票员，坐在市政厅里的也应该是个女人，而不是马雷克。米拉，请您再帮我们拿两杯来！我只要半杯就行，算了，您就拿一整杯吧。你看出来了吗？当然，是人都能看出来。这跟吃得好可没任何关系了。还偏偏是跟干草市场上的一个。他也不一定就是坏人。那得以后才能知道。一切都是事后才明白。我不理解，她怎么不跟西蒙好呢。现在，他少了半只手。三根手指可不是半只手。谢谢，米拉，您就放到阴凉儿里就行。谢谢。她现在胖的，谁都能看出来了。真是，如果我还年轻的话，我会喜欢西蒙。你谁都喜欢。这倒是，我从不错过什么。但那些男人都那么帅，也都那么好闻。最开始我丈夫闻起来像新鲜的面包。我以后，会永远那样。真是个致命的误会。我觉得，大多数男人闻起来像石头，有种无机物的感觉。我有一次遇到一个闻起来像莳萝的。他不是最糟的。我的腿肿了，你看。真可怜。如果我能再活一次，我不想做我了。那要做谁呢？不知道，也许一只动物，或者一株植物，比如一簇接骨木。一簇接骨木就那样站在那儿，不论酷热还是雨淋，所有人都喜欢看它，没人对它有恶意。我会很喜欢的。人没的选。就是。干杯。所以，一条地铁，就在我们美丽的利奥波德城下面……

17

米拉觉得累。她的双腿感觉软绵绵的，又很沉重，有时还会头晕。她弯腰到柜台下面去取一块新洗碗布或拿清洁桶时，很害怕自己会就那样向前倒下去，脸着地趴到地板上。最开始一段时间，她还尝试用宽松的衬衫和一件更大的围裙来掩盖自己的变化，但很快就藏不住了，客人开始询问，或者开愚蠢的玩笑。

她害怕告诉西蒙。她觉得自己没用、可笑，就因为她的肚子，而现在它已经不再仅属于她自己了；而且她确定，西蒙会解雇她。当她终于向他坦白时（他们在空荡荡的餐厅里坐在一张桌子前，叠她从地下室新砌过墙的洗衣房取回来的洗碗布）她的双手直发抖。但西蒙只是说，他早晚也能猜到的，而且还有时间呢，等实在不行了，她就回家休息，他用七根手指也能应付一段时间。米拉本想因为松了一口气大笑，但掉起了眼泪。"我希望会一切顺利，"她说，"这是我的第一个孩子。"

勒内得知她怀孕时，扯开窗户，向街道外大喊："米拉怀孕了！真令人难以相信！米拉有孩子了！"

他说，如果是男孩，就叫格奥尔格，如果是女孩，就叫夏洛特，像他外婆一样，虽然很可惜他从来没有见过她本人，只在一张老照片上看到过——她手里拿着一个帽盒，站在一片郁金香花畦前，看起来那么美。米拉不是很在乎孩子们叫什么。但她不是非常喜欢格奥尔格这个名字，不过自从她梦到一把像雪花一样在空中飞旋的伞后，她就知道肚子里的宝宝会是个女孩儿。

"我没意见，"勒内说，"行。"

从他浑身是汗站在她面前邀请她去散步，过了将近一年半了。几个月前他才刚刚搬来与她同住。他们买了一个柜子来装他的东西,还买了一张新的床,每天晚上米拉的脸紧紧贴着他的肩膀入睡。有时候,当她早上醒来时,感觉到身边的他那强壮的、像一座小山一样隆起的胸腔时,就幸福得想要叫起来。

最开始还不是这样的。第一次在普拉特公园散步时,他就试图吻她,但他的拥抱那么猛烈、笨拙,他们两个人都踉跄起来,差点跌倒。那之后他坐在公园的一张长椅上,把脸埋进双手里。她试着安慰他,但是那天下午之后的时间他几乎没再说过话,只是垂着头、双手插在裤兜里,走在她身边。

尽管如此,她还是又与他约会了一次。后来,她也说不清,是出于同情,还是她那时真的就已经在他身上看到了什么不同。这次,他们跨过多瑙运河,沿罗滕图姆街走过史蒂芬广场,穿过格拉本大街,路过科尔市场,一直走到霍夫堡宫,又走回来。在圣米歇尔广场的一个喷泉旁,勒内停下,双臂交叉在胸前,观察那些巨大的大理石雕像,雕像里的男人肢体扭曲、脸色绝望,充满恐惧。"我们在干草市场就是这样的。"他说。

然后他把双手浸入喷泉,用力舀了一捧水泼到自己脸上。

米拉吓了一跳，但随即不由得笑起来。她把手指伸进他的头发摩挲，抚摸他的额头。虽然开始下起了毛毛细雨，但他们在往回走的路上比之前走得更慢了。她让他看了赫尔德温珠宝店和 E. 布劳恩商场橱窗展示的珠宝和衣服，在黑死病纪念碑前他们又停了下来，观看鸽子，它们看起来就像忙碌的退休老妇人。米拉不停地说着话，但在施托克－因－艾森广场时她忽然安静下来。他们默默地沿着罗滕图姆街往回走，在玛丽恩桥上，她第一次把脸颊贴在他手臂上。

婚礼在一个周日举办，地点选在利奥波德教堂。米拉穿着一件白裙子，那是她在很多个夜晚自己缝制的，上面绣了几百朵小布花，勒内穿了一身深色西装。他们请了今年的世界冠军格尔德·暴徒·弗兰蒂瑟克和罗伯特·西蒙来做证婚人。西蒙也穿了西装，打了领带，战争遗孀给他把领带打得那么紧，当他引领新娘走向神坛时，感到自己的头要在婚礼宾客的目光下炸裂了。

咖啡馆的很多常客都来了：罗泽·格布哈特尔，肉铺老板和他的妻子与四个孩子，科斯蒂亚·瓦夫洛夫斯基，两位女士，韦塞利和布拉哈——他的玻璃眼珠在教堂的灯光下神秘地闪着光,几个商贩,还有一个胖胖的、没精打采的女人,没人知道她叫什么,她通常在快傍晚时才来喝一小杯加了烈酒和掼奶油的浓缩咖啡。在最边上,藏在装饰华丽的大理石柱后面捂着手帕大哭的,是米拉以前在弗洛里茨多夫精纺厂一起工作的两个姑娘。在最后一排,五个干草市场的搏击手挤在一张窄窄的木头长椅上,当勒内给他的新娘往手指上戴戒指时,他们像得到命令似的一起咧嘴尴尬地笑起来。

在婚礼仪式后,宾客们出发去了咖啡馆,西蒙已经冷藏了几瓶香槟,在桌上铺好了白色的桌布。一般遇到讲话就往后缩的格尔德·弗兰蒂瑟克站到餐厅中央,勉强挤出几句话。"勒内和米拉站在一起看起来很美好,"他说,"虽然我不懂爱,但看到他们两位时,能够想象这一切是有意义的。勒内一直是个好男人,而且他以后会变得更好,因为他的米拉是一个纯洁的天使,这是每个人都能看出来的。祝福新婚夫妇!干杯!"

"祝福,干杯!"宾客们说。"只是可惜没有音乐,"罗泽·格布哈特尔注视着米拉说,"不过,这样的肚子,就算跳舞也跳不了一会儿。"

18

勒内已经在圣约瑟夫医院产房的等待室里坐了一个小时。房间四周刷成了带有嫩黄色调的绿色,灯光刺眼,一面墙上挂着一个细细的耶稣十字架,另一面墙上是褪色的花卉画。八张橙色的塑料椅,一棵橡皮树,一个置放信息宣传册的架子,一张摆了一个空花瓶的小桌子。勒内一动不动地坐着,后脑勺倚着墙,闭着眼睛。几分钟前,他以为自己听到了17号房门后面传来的沉闷砰砰声,便跳了起来,他纹丝不动地站了好一会儿,仔细聆听,但是除了玻璃门另一侧走廊里均匀的嗡嗡声,就再也听不到什么了,于是他又坐下。

上午他还坐在她的床前,握着她的手。中午她的肚子就突然发作了。米拉把头向后仰进枕头里,喊叫起来。她的声音听起来很陌生。勒内从来没想过,一个人可以喊那么响亮、那么持久。一位护理人员和一位护士把载着他喊叫着的妻子的床推过一个又一个无尽头的走廊,最后进了写着17号的房间。

"你们真幸运，"护士说，"在 17 号房间出生的都是最金贵的孩子。"

医生还年轻，最多三十五岁，一头金发，皮肤微微发红，双手像小孩子的手一样小巧柔软。"今天的产妇一个接一个，"他说，"您都想象不到。"

他在米拉的两腿之间弯下腰去，开始工作，他的动作沉稳流畅。勒内看到，他的手缓慢地上下移动。

米拉不叫了，她好像平静下来了，向窗外望着。但突然间，她一下坐起来，抓住医生的肩膀，手指抠进他的白大褂里。护士握住她的手腕，强制把她向后按去。"不要这样。"她说。

她往床栏杆上绑了一条毛巾，对米拉说，可以抓紧毛巾。"你抓得越紧，孩子就越容易从下面滑出来。"她说。

"您得呼吸，"医生说，"呼吸！"

他把双手微微举起，勒内看到他手指上的血。"怎么了？"他向前走了一步问，"到底怎么了？"

"没事，"护士说，"医生在工作，我们都在做自己能做的，尤其是您妻子。"

勒内点点头，他还想再说点什么，但这时米拉的目光投向了他。她只是那样看着他,然后她开始呻吟。那是一声拉长的、起伏的哀号,听起来好像完全是从别的地方传来的。我不认识她,勒内想着,感到一种冰冷的恐惧穿过脊椎。

"您现在出去坐下,"他听到护士说,"不然我们马上又会多一个病人。"

她把他推出房间,然后他就坐在橙色椅子中的一把上面等待。他想着刚刚过去的几个小时;想着乘有轨电车来这里的路;想米拉的疼痛和他的无助。来的时候他拿着她的包和装婴儿用品的篮子,用另一只胳膊架着她。在医院大门口,她的腿一软,如果不是他扶着的话她差点跪倒在地。在那一刻,他感觉到以前从没有过的清醒与强大。"不远了,"他说,"如果不行的话,我能抱着你走。"

她摇摇头,继续走着,走上坡道,穿过接待区的玻璃门,然后在椅子上蜷缩起来,开始第一次喊叫。

勒内仔细聆听着。已经有几分钟了,17号房间没有传出任何声响。四周静悄悄的,只是偶尔有风吹到窗玻璃上,让玻璃轻微晃动。他想着家里,他们已经把小小的公寓布置成了适合婴儿成长的环境。米拉织了几双小袜子,也遮住了大多数的插座。她说，那么小的手指，哪儿都能塞进去。勒内从外面拖来一个摇篮，是碰碰车乐园一个推车人以几先令转手卖给他的。摇篮是白色的，头那端有一个窄窄的木十字架，上面还有一个遮阳篷。"你感觉到什么了吗？"他常这样问她。她并不回答，只是把他的手放在自己肚子上，可是他每次都会失望，因为没动静。但有一天早上，他终于感到了些什么，那是在他掌心下，仅仅一下的柔弱跳动。

勒内扫视了一圈房间，墙壁，橡皮树，摆满宣传册的架子。他很热，心里一阵阵发紧。他站起来走向卫生间。他想喝一点儿水，把手洗干净。他恼怒自己没有早点儿想到去洗手：当他们把婴儿放进他怀里时，他的手应该是干净的。"你必须非常温柔地碰她，"米拉曾经说过，"不然你会弄痛她的。"

门打开，医生走出来。

"生了吗？"勒内问。

医生举起双手，做了一个无助的手势，然后又把手落下。

"非常抱歉。"他说。

当勒内后来回想起这一天时，首先想到的总是医生的双手，在短短的瞬间，它们像是白色的小鸟悬浮在屋子当中，然后又变回手,在白大褂的袖口松软疲惫地摇晃着。

房间异常整洁。米拉静静地躺在那儿,头微微垫高,双手叠放在被子上。她的头发里有一斑模糊的阳光在颤动。护士坐在窗前的凳子上,她看起来筋疲力尽,张着嘴,眼睛红红的。

勒内的目光落在床脚的一张金属小桌上,上面放着用雪白的布盖着的一个小捆。

"您想看看吗?"医生问。

勒内向小桌迈出一步,然后停下来,看着米拉。

"我很伤心,勒内。"她说。

19

在爆炸发生不到三年后,在医院度过的日子以及疼痛的那几个星期和对失去手指的悲伤,于罗伯特·西蒙而言已经像是一场梦了,那不过是一段影影绰绰的回忆,与他现在的生活已无任何关系。尽管咖啡馆年复一年的经营并不总是容易的，尽管累——尤其是在早上，他总感觉疲倦深入骨髓——他还是感到自己足够强壮和有毅力去工作。有时他会想念自己的手指，那有力的大拇指和另外两根手指，指肚红润，还有他以前在蔬菜摊位前抖落土豆上的泥土时指甲下黑色的边缘。有一段时间，它们会出现在他的梦里。最初，他梦到的是一块闪亮的金属片，在黑暗中向他飞来，割断他的手指。后来只会梦到手指。到最后，当伤疤在几个月后看上去只剩苍白的线条时，西蒙还会梦到疼痛，只要他一睡着疼痛就微灼起来，然后蔓延为充满整个房间的震耳欲聋的大火。而第二天早上，当他发现自己有三根断指根的手很是光滑，伤口已经愈合时，总会感到很吃惊。

他很开心自己能站在吧台后面，开心冬天时暖气可以正常运行，也开心夏天有阳光洒在露台上。随着时间的推移，他的左手锻炼出了惊人的灵巧，右手甚至也能做一些事情。他发明了一个独特的技能：先将小手指和无名指远远叉开，然后尽可能地拉伸着压向掌心，这样他能夹住五个高脚杯，并能令客人惊叹地一下把它们整齐地并排在桌子上。

有些工作，比如连接啤酒桶，又或者厨房、啤酒泵需要修理一下，西蒙则雇杂工阿尔尼·斯特扬科来做。几年前阿尔尼出现在市场上，声称自己跟着叔叔——一个曾经的战争逃兵——在上奥地利州森林深处的小屋长大。"混账一个，"他这样说他的叔叔，"但早就死了。"

任何稍微了解他一点儿的人都知道，这个故事是谎言。阿尔尼是一个提前退休的寡妇的独子，几乎不会读写，在锡默灵区的铁皮冲压厂工作过几年，后来卖过走私香烟和美国裸体杂志，再后来在一次斗殴中，他用玻璃瓶碴划开了一个人的脸，因此蹲了一段时间的监狱，这之后他就游荡在普拉特公园和卡梅利特市场之间，渺小、瘦削，眼神飘忽、不安。这是一个在阴暗面寻找幸运的人，像利奥波德城的那么多人一样。

他偶尔能在市场上挣几先令。他的双手灵巧，擅长收拾金属器具：如果一把锯钝了，他能把锯齿打磨得像剃须刀刀片一样锋利；他会安装避雷针和屋顶雨水排水管；他可以把海德·巴尔托洛默的奶酪秤拆开，把零件一个个刷干净、上油，再精准地拧回一起，这之后指针几乎可以精确在半克的刻度上。

"给我一堆废铁,我能给你们造一辆有轨电车,还有工具棚。"阿尔尼·斯特扬科说。

肉铺老板警告过西蒙:阿尔尼只会吹牛,是个废物,懒惰,总爱找麻烦,尤其是在他喝多了的时候,而且像只被打的狗一样虚伪,像乌鸦一样好偷。有一次阿尔尼就从他那儿顺走了半只猪脚,就在他路过时,轻而易举地把它偷走了,仅仅一秒钟没看住,猪脚就不见了。

"可能吧,"西蒙说,"但他没对我怎么样过。我的啤酒泵咔嗒咔嗒地响,我想,应该就快要报废了。"

他让阿尔尼周六上午来修理。阿尔尼顶着黑眼圈,一身酒气地来了。但他至少还穿着脏兮兮的绿色工作服,也带着一个工具箱。

"我累得难受,"他说,"我想,喝杯啤酒会好一点儿。"

"不能这么早就喝啤酒。"西蒙说,"直接干活吧。"

阿尔尼闷闷不乐地打开吧台门,钻进柜台里面。

"怎么样?"西蒙问,他在几分钟后感到事情有些不对劲。

"完全坏了,"他听到阿尔尼沉闷的声音,然后是一阵钢丝刷打磨金属的尖锐刺耳的声音和几声叮叮当当的锤子敲打声,"但我就是神。"

"他也许是不好相处,"当天下午一起坐在露台上时,西蒙对肉铺老板说,"但是他的活儿干得不错,这无话可说。他从阀门里刮出一堆水垢,补好了管子,换了密封垫。他说,原来的密封垫被人看一眼就能碎掉。"

"他就是个废物,"肉铺老板说,"而且像福音传教士一样奸诈。我还是这么认为。"

"只要他能修好我的东西,我觉得就够了。"

"去年他把老斯卢贝茨基的一筐鱼倒到了街上,就因为他没给他小费。整整一筐鲑鱼,你想象一下。它们那么新鲜,在路面上还活蹦乱跳呢。"

"人是可以改变的。而且我的啤酒泵又能用了,这是最主要的。"西蒙说。

阿尔尼每周来两到三次。他在上午干完他的活儿,然后消失几个小时,快傍晚时会再回来,抹着发油的头发闪闪发着亮。"我一小时要五先令,"他在第一次说,"但啤酒要免费,还要有几根黄瓜,行吗?"

"我没意见。"西蒙那时说。

"我酒量不小,但是我想,这样记账对我们两个都合算。"

阿尔尼·斯特扬科大多独自坐在吧台旁。他盯着酒瓶和玻璃杯后镜子柜壁里自己的脸,用手指敲打着桌面。他一杯接一杯地喝,在第四杯或第五杯后,他会开始冲着餐厅的方向讲话。"没人能对我指手画脚,"他说,"我坐在这儿,是因为我打败了魔鬼。生命是一场交易,结果不一定总是好的。"

有时他会钻进卫生间,好一会儿都不见踪影。有一回,西蒙跟在他身后看了一下,当他一进卫生间,西蒙就听到门后传来一阵压抑的抽泣声。

"怎么了?"他问,"你还好吗?"

"我好极了,"他听到阿尔尼半淹没在痛苦和眼泪中的声音,"根本不知道,还能怎么更好了。"

有时星期一他会坐到几个打牌的人那儿去。弗兰克·韦塞利和他的牌友布罗伊尔、普尔斯比兹尔和贝德纳里克会一起凑在桌旁啪啪地摔纸牌打施纳普森牌[①]直到深夜。大多数时

---

① 由德语 Schnapskarten 音译过来的一种纸牌游戏。

间他们是沉默的，舌头嘬在牙间，然后又会忽然开始大喊，狠狠地把牌砸到桌上，啤酒都能从酒杯里晃荡出来。

"又是加倍！"韦塞利喊道，"去你的！"

"去你的！"贝德纳里克大吼，"加倍就加倍，叫牌，离吃牌还远呢。"

当三缺一时，阿尔尼会去替补。他是个差劲的玩家，打牌对他来说挺费劲的，但是他喜欢和别的男人坐在同一张桌子前，喜欢自己属于那个小团体的感觉，而且除了报几个数字和叫牌，或偶尔讲个没人必须强颜欢笑的笑话，不必付出什么。有一天贝德纳里克没来。就在前一天他还在抱怨啤酒"在舌头后面有点肥皂味"，结果第二天早上他在吃早饭时便感到眩晕，紧接着在去上班的路上（他是塔博尔大街新开的邮政所里的柜员）直直摔倒，很幸运，咔嗒咔嗒开近的5号线有轨电车的司机当时足够警醒，在离他一动不动的身体仅一米远时把车停了下来。贝德纳里克清醒过来，被几个路人送回了家。还好，他只是得了流感，但打牌暂时是不能想了。

"坐过来吧，"韦塞利对已经在吧台旁静静坐了几个小时的阿尔尼说，"拿着你的啤酒。"

那天一直到下午阿尔尼都在从厨房墙壁里挖凿旧的铅水管,换铜管道。这时的他还穿着工装,眼神因为喝了太多啤酒而呆滞无神。他从吧凳上滑下来,摇晃到牌桌前坐下。

"你和我一组,"韦塞利说着开始发牌,"我们一会儿再换。"

"我会让你们都输得很惨,"阿尔尼说,"一个接一个。"

牌局从一开始就一边倒。布罗伊尔的手气尤其好,带着普尔斯比兹尔连赢五局。韦塞利建议换组,但阿尔尼拒绝了。"他们马上就不行了,"他说,"我用我的右胳膊跟你打赌。"

但情况依旧没变。布罗伊尔和普尔斯比兹尔赢牌,而每输一局阿尔尼的脸色都更难看了。他已经有一会儿没说话了,韦塞利感觉到有些什么已经在酝酿中了。

"我今天玩够了,"他说,"我累了。"

"坐着别动。"阿尔尼说。

他上身前倾地坐在那儿,纸牌藏在拱起的手中,目光直直地盯着桌子中央。

"随你,"韦塞利说,"我还能再玩一局。然后就该结束了。"

他们又玩了三局，在最后一局，阿尔尼吃牌，他和韦塞利赢了。

"就这样了。"韦塞利说着把牌扔在桌上，把杯中的啤酒喝光。

"不，"阿尔尼说，"我们接着玩。"

"啊呀，"普尔斯比兹尔说，"都没注意到已经这么晚了。"

阿尔尼把牌拢到一起，开始洗牌。

"好了，"韦塞利说着站了起来，"今天够了。"

"闭嘴，坐下。"阿尔尼说。

"你说什么？"

"坐下。"

"我说了，够了。"

"可是我说了，我们接着玩。"

"行了，阿尔尼，"布罗伊尔说，"我们都累了。"

"我自己知道我什么时候累，什么时候不累。"

"去你的。"布罗伊尔说着也站了起来。

"坐下，不然我宰了你，"阿尔尼说，"我发誓，我是当真的，我会割开他的肚子。"

"这样没用的,阿尔尼,"普尔斯比兹尔说,"我们下次再打,你放心。"

"我对什么都不放心。你们都坐下,不然我就宰了你们。你们全部!"

"你到底想怎么着?"韦塞利说,"你认为,我怕你吗?"

阿尔尼放下牌,目光灼灼地盯着他,然后从工装侧兜里抽出一支长长的十字花螺丝刀。韦塞利和布罗伊尔向后跳了一步,撞倒了一张椅子。

"你彻底疯了吗?"普尔斯比兹尔喊道。

"闭嘴。"阿尔尼说,交替地盯着韦塞利和布罗伊尔,"你们认为我脑子有病,还是什么?"

"我认为你是个混账,"韦塞利说,"就这么回事。"

阿尔尼跳起来,向韦塞利扑去。又一把椅子翻倒在地,酒杯和烟灰缸丁零当啷地摔碎在地板上。韦塞利吼叫着尝试向后面躲去。忽然阿尔尼被人拽了回去。西蒙站在他身后,抓住了他的衣领。西蒙与他保持着距离,朝他脸上猛打了一下。阿尔尼向一侧踉跄一步,把螺丝刀扔下。

"他妈的,"他轻声说,用手指尖探按他爆开的上嘴唇,

"我想,是一颗牙。"

"你现在就回家。"西蒙说。阿尔尼注视着自己的手指,上面的血不多,只是在指尖上有几滴浅色的血。

"你们看看我,"他说,在裤腿上把手擦干净,"你们面前站着的是一个已经死了的人。"

他大笑起来,然后弯腰去捡螺丝刀,把它插回口袋,一声不吭地离开了咖啡馆。

后来西蒙一再回想那个夜晚,当时的喊叫、斥骂和嘈杂,韦塞利脸上的惊恐,阿尔尼手指上的血,他在身后关上门、在窗边闪过的窄瘦身影。在他一生里自责的许多过错中,这是最让他追悔不及的——他就那样让阿尔尼走了。阿尔尼不是一个好相处的人,脑子也有点不太对劲儿,但是他的双手那么灵巧,只要没喝醉就是个能被容忍的人。我不该赶他走的,西蒙想,那样可能还能做点儿什么。

西蒙只又见过阿尔尼一次。他弯着腰坐在诺德巴恩街的一张长椅上,好像在观察路上的行人车辆。他的身边是个旧皮包,几件旧衣服从里面露出来。他胡子拉碴,脸上布满脏兮兮的结了痂的伤痕。西蒙穿过马路走近他时,阿尔尼看了他片刻,但没有认出他来。

那是他去世的三年前。一个铺路工人一大清早在啤酒花园"瑞士屋"后的旋转木马旁发现了他。他脸朝下躺在用塑料睡莲和青蛙装饰的小池塘里,水还不到十厘米深,但他在里面溺亡了。工人说,他看起来根本没那么糟糕,把他翻过来时,几乎以为他还活着,在那张湿漉漉的脸上,双眼睁开着。

他被埋在中央公墓,没有葬礼,也没有哀悼的人。官方还尝试寻找了几周他的亲人,但是那时早就没人惦记阿尔尼·斯特扬科了,甚至记得他的人也没几个了。

20

就在那年夏天,罗伯特·西蒙人生中第一次病倒了。一天早上,他在头痛中醒来,整个上午都感到难受、无力。走在街上时,汗水从他的背上流下。当他打开咖啡馆的门时,眼前开始飞舞起小红点。他坐到一张桌子旁,听着餐厅里的声音，房间比平时显得低矮很多，好像充满了奇怪的沙沙声。

米拉一走进房门就发现了他的不对劲儿。"这是流感，"她说着，把一只手放到他的额头上，"你发烧了。"

"那现在该怎么办？"西蒙问。

"你回家躺到床上休息。我看着咖啡馆，"米拉说，"反正现在也没人。"

"是，"西蒙心不在焉地说，"没人。"

接下来的几天，他感到无比虚弱，头昏脑涨，只有需要上厕所时才会下床。在卫生间里，当几滴深色的尿滴下时，他感觉自己好像要在浴室垫的松软蓝色里迷路了。他耳朵里嗡嗡作响，有时候后脑勺里面的疼痛都能让他流泪。他几乎什么东西都不吃，体重掉得厉害。大多数时间他都在睡觉，梦中是他的咖啡馆，在梦里他看到从天花板上飘下一片片微小的火光，它们只要一碰到坚固的表面就开始舞动：在桌椅上，在客人的脸上，还有在酒瓶杯子上，光斑跳跃闪烁。

战争遗孀常坐在他身边，给他的额头敷上冷毛巾，或者把浸了醋的布裹在他脚上。她每天给他喝三次温热、苦涩的茶。

"这样是好的，"她说，"茶能驱赶体热。"

西蒙几乎没有精力与老妇人说话,所以她就自言自语。她讲述她的青春,讲蓬勃发展的城市的战前年月。她丈夫比她大十二岁,在邮政和电报管理局的收藏档案馆有一份薪水不错的职位。他每天开开心心地上班去,下班后又同样开开心心地回家来。星期天他们会去内城,又或者去锡默灵区的某家餐馆享用午餐。他们偶尔会乘火车去瓦豪河谷徒步,也会在冬天去新锡德尔湖滑冰。他们经历过一次惊险,在绕过一片芦苇草滩时,丈夫忽然跌倒,滑到冰下,差点被淹死,如果不是她马上趴到冰面拽着他的袖子把他拉上来的话,他们就要面临死别了。他们没有孩子,也从来没有谈论过爱情,他们在一起有些理所应当的意味,这就够了。他去参战时的那种炽热激情,着实让老妇人没有想到。她说,在出发那天,他身上笼罩着一种由内而外散发出来的光芒。她第一次产生怀疑:男人们一生都在渴望的不是妻子的怀抱,也不是邮电局的柜台后面。

当一年半后信件传来,里面讲的是履行士兵的职责和真挚的哀悼同情,她没有感到悲伤,最多只是一些对这场战争的苦涩怨恨的感觉——至少她以为自己有着美满的生活,而战争打破了这个幻想。

"总体来说,他是个好男人。"她说,"但是,我连他的脸都不记得了。"

西蒙虚弱地点点头。他听到外面街道上一只鸽子干爽的振翅声。他闭上眼睛,想象它落在屋顶上,小碎步走几步,然后蜷坐起来,用呆僵的红眼睛看向远方。

一星期后,他好一些了。烧在一夜之间退下,当他醒来时,惊讶于房间内竟然那么亮。他起身打开窗户,空气温暖,有着夏日和灰尘的味道。客厅里传来轻轻的音乐声。他穿好衣服,走过去。老妇人坐在五斗橱旁边,听着收音机。她闭着眼睛,西蒙以为她睡着了。但是,当他悄悄走近她时,她猛地抬起头。

"早上好。"她说。

"早上好。这是什么音乐?"

"一场小提琴演奏会,但我不知道名字。"

过了一会儿,他们坐在早餐餐桌前。老妇人煮了咖啡,往面包上抹了黄油和蜂蜜。西蒙的胃口又回来了,蜂蜜那么甜,让他的舌头在嘴里缩了起来,而且他感觉,这辈子还没吃过比这更好吃的东西。

"希望我没造成太大的麻烦。"他说,"跟一个病人待在家可不是什么享受的事。"

"有比这更糟的。"老妇人说。

他沉默着继续吃了一会儿。他不时看一眼老妇人的脸,她的头微低着,看着自己一动不动地叠放在一起的双手。这双手很老了,上面布满深色的斑,西蒙回想起他们相识时的场景。那是八年前了,她问他是否想要这个房间,他回答"是"。然后他们就握了手,当几天后他问她要合同时,她只是耸耸肩微笑一下,就像每当她不想听什么时会做的那样。他常向她讲市场上的工作,后来就讲咖啡馆的事。她尤其对那些客人感兴趣,想知道他们说了什么,从哪里来,在哪儿工作。她听到她的潘趣酒很受欢迎时,很开心;他讲到那些醉汉和疯狂的人,她就不可置信地摇摇头。但随着时间的流逝,他们的对话变少了,他们几乎都见不到彼此了。通常她吃好早饭后,他才起床,而他夜里回家时,她已经睡了,他能透过虚掩着的门听到她轻微的鼾声。

他环顾房间,没有改变,桌子、椅子、放着收音机的五斗橱、窗台上的舞女——她们纤细的胳膊伸向阳光里。

老妇人拿起杯子,喝了一口。在房间的寂静中,她喝咖啡时的声音听起来像是被怪异地压闷了。西蒙想,她是怎样度过每一天的呢?坐在收音机前听音乐?阳光好的时候她会走出房子吗?会对着墙上的木耶稣像祷告吗?她和谁说话呢?他想不起来自己看到过她与别人在一起。尽管现在街区的电话连接费基本已经不要什么钱了,她还是不想装电话。也许与对她去世的丈夫的回忆有关,他想,对邮电局的回忆。

"今天的咖啡有点淡了。"老妇人说。

"我觉得正正好。"西蒙说。

"我想,我把数量搞错了。有时候我的脑子完全在别的地方。"她的目光扫过房间,留在收音机对面的墙壁上,"也许可以……我不知道……"

"您想说什么?"

"墙上的东西……"

"壁纸?"

"对,"她说,"壁纸。有时我想,可以把它们换了。现在有更好看的花样和颜色。"

"我觉得这个主意棒极了。"西蒙说,"您找好了,我来换,这不是什么大事。我们只需要把家具推到中间,把地板遮上。"

"地板,"老妇人出神地说,"地板我完全忘了。"

她脸上挂着轻微歪斜的微笑看着他。"我想,我们下次再谈这件事吧。"她说,"您周末在家吗?"

"不在,"西蒙说,"我好多了,也不发烧了。而且我不能再让米拉一个人忙了。"

老妇人点点头,她的目光现在又回到了墙上。

"它们确实已经旧了,"她说,"但是当清早阳光照在上面时,能看到它们的纹路多么细腻。它们依然还很漂亮,不是吗,罗伯特?"

21

你看到他了吗?像死人一样苍白。像雪,但眼睛下面全是黑影。瘦得像鸡骨头。但也没有不好看。比以前好看。有的男人病了才有魅力。有些要等死了。第一眼根本没认出他来。像鬼一样飘进来,在打招呼之前先把烟灰缸收走。咖啡馆老板不一定要有礼貌。人就不应该有礼貌，而是应该说实话。实话与礼貌基本是相互排斥的。那也未必。最重要的是，要表现得友好。不论如何，他回来了大家都开心。他到底怎么了？流感。在夏天？人们现在什么都扛不住。我一辈子从来没病过。连生孩子都没怎么疼。我可是疼了。我下面都撕烂了。为我的孩子我可是付出了宝贵的寿命。这你可能还不知道，也许没孩子你早就不在了呢。我跟你说个秘密：我是为了保持年轻才生孩子的。这不是秘密，每个女人都这么做的，但没人成功。为了留住时间，你生孩子，一个接一个，直到有一天肚子干枯。时间是留不住的。我不舒服。那就别再喝那么多咖啡了。自从我往自己的咖啡里加一点干邑白兰地就好些了。你看，总有办法的。现在鲁道夫·基希施莱格是总统了。据说他每天用醋水泡脚。荒谬。我倒希望弗朗茨·约纳斯能多干一段。他是个正经人。现在不是了。不论如何，基希施莱格是有魅力的，比约纳斯有魅力多了。那不是什么艺术。也不是什么功劳。人没法决定自己的外貌。我年轻时，有个男人对我说：我亲爱的小姐，我知道我配不上您的美丽，但我还是想试试，您愿意和我一起去看电影吗？这么愚蠢的话。

你把他赶走了吗？没有，我嫁给了他。我从来没有真正理解过男人，但我喜欢他们在我身边。爱从没伤害过我。我父亲总是说：痛不过是生活的一点小恶意，当你不再感觉到痛时，才是真的糟糕。一个聪明人。只是后来开始酗酒了。聪明男人开始酗酒，愚蠢男人有一天会对你说，他们渴望回到母亲的肚子里。或者是反过来，我记不清了。无论如何，都很可悲。当我不理解一个男人时，我就只是微笑，我想，我的半生都是微笑着过的。我们再喝点什么吗？当然。谢天谢地，我都担心了。

22

初秋时，约翰内斯·贝尔格和他父亲坐在咖啡馆，桌上是两杯覆盆子苏打水。肉铺老板手里拿着一份报纸，但没有读，而是向开着的门外望着，看着浸染在黄色的午后阳光下的街道。天气温暖，微风轻拂，在肉、鱼和蔬菜的气味中，混合着常春藤花的蜜甜香气。他半眯着眼，聆听从市场传来的声响：

商贩的声音,啤酒箱的碰撞声,铁皮桶接水的声音,往路面上泼水的声音。

他把肉铺托付给在圣马尔克斯屠宰场认识的剔骨师蒂博尔·费内克几个小时。蒂博尔来自海利根布伦附近的匈牙利边境地区,使用砍肉刀的技术独一无二,他切的肉可以精确到克,因为狭窄的髋部而颇受女顾客喜爱,对酒毫无兴趣,因为他说自己半个家族都死在这上面了。肉铺老板信任他,只要蒂博尔·费内克站在柜台后,他就能去购物,在多瑙运河边的长椅上打个瞌睡,或者与他父亲在市场逛几圈。

"好,好。"父亲说,空洞的眼神垂望着桌面。他的脸苍老,有着皮革的质感,双手像树上的枝丫一样多结。肉铺老板放下报纸,把他的杯子推过桌面,说:"喝吧,爸爸,又凉又甜。"

父亲拿起杯子喝了,从他的嘴角淌下一条口水细丝,在他的衬衫上形成一片湿渍。

"好,好,好,好。"

肉铺老板用手帕擦拭了父亲的脸,然后他站起来走向柜台,西蒙正在用钢丝刷清洁水龙头上的水垢。

"给我来杯啤酒吧,喝那些甜东西只会让人觉得难受。"

西蒙倒了一杯啤酒,观察着约翰内斯·贝尔格,他疲惫的肩膀,乱糟糟的短发,发梢在阳光下好像在燃烧。

自从儿子出生后,他失去了很多精气神。小约翰内斯出生时,肝脏虚弱,全身发黄,三岁以前一直在死亡边缘挣扎。肉铺老板的妻子却在那段时间焕发了活力,与小儿子一起来到人世的不幸给她的生命带来了一种她以前从不曾认识的丰富与深度。她已经到了不会再怀孕的年龄,与之相应的,她越来越害怕自己作为人的存在将很快消逝于毫无意义的岁月长河中。她渴望被需要,随着小约翰内斯的诞生,她这个愿望有了具体的形式和方向。他萎缩的肝脏和脸上的黄色让她想到皇帝别墅上的哈布斯堡黄,这赋予了她缺失已久的力量和内在振作。她忽然又经常并且欢喜地出门去购物和办理官方手续,在柔和温暖的夏夜,当她在医院公园里推着婴儿车时,她会吹口哨哼唱白天从护士室的收音机里听到的曲子。小儿子出生后的几年诡异地成了她人生中最糟糕又最幸福的时光。

小约翰内斯三岁后状况开始好转,尽管医生在治疗上没做任何改变,孩子的体内却好像真的开始成长出一些类似健康内核的东西。小约翰内斯学会了走路和说话，他用摇晃的双腿穿过走廊，或在公园里坐在母亲脚边的草里，玩鹅卵石，或玩父亲从肉店带回来的煮干净的兔子骨头。

很快，他就能离开医院。他的肝恢复了，虽然脸色还有些发黄，冬季的那几个月也常常必须长时间卧床，但他可以去上幼儿园了，每周还可以做两次康复体操。

肉铺老板的妻子表面上对儿子的逐渐茁壮而高兴，但在她内心，艰难建立起来的、曾给予她生命意义的母亲的力量和有用性，开始瓦解。她忽然觉得自己的生活变得无关紧要又怏怏不乐。她感到虚弱无力，还没起床就觉得身体疲倦沉重。有时候，当她在床上躺得比较久，细听从其他房间传来的声音时，她会怀疑生命是否已经不知不觉地从她身边溜走，怀疑在这个世界上已经没什么是留给她的了。

日常生活让她越来越疲惫，连过去夏天让她如此开心的一周一次的奥加滕花园野餐都不能将她从筋疲力尽中唤醒。她不信任地盯着小约翰内斯在树荫下和草地上奔跑，再一次张开双臂后仰倒向草丛。

"他会弄伤自己的，"她说，"或者让自己得上什么病，他的身体不能做这些傻事。"

然后她又变得亢奋,她走很远的路去内城,并带回礼物:给女孩儿们的闪亮的皮带扣和发带,给小儿子的彩色小人偶。在厨房里,她打开收音机,声嘶力竭地跟唱滑铁卢&罗宾逊乐队或鲁贝茨乐队的流行歌。她看上去很快乐,充满活力,但是她会不时盯着小约翰内斯看,那时她的目光里会有一种呆滞的惊骇,直到他问她些什么,或伸出手触碰她,那种惊骇才会消散。

他上学的第一天,她病了。她没有发烧,却抱怨头疼,说感觉好像有人在她胸口缠了一圈铁箍,然后还用螺丝刀紧紧拧了两下。肉铺老板把小约翰内斯送到学校,给他买了一杯柠檬汽水,在学校院子里告别时,擦去了他脸上的泪水。老板回家时,他的妻子正躺在床上哭泣。他问她怎么了,而她只是无声地转过头对着墙。后来,他给她用托盘端来茶和饼干,但她只是装睡。他在床边站了一会儿,然后走到厨房,开始摔餐具,盘子、碗、玻璃杯、茶杯、咖啡杯和其他所有在他们持续如永恒那么久的婚姻中收藏积攒的一切,在镶着黑白相间的瓷砖的厨房地面上一件件打碎飞溅。他的妻子大叫着站在厨房门口时,他没有停下;她阻止他,试着至少从他手中夺下她母亲的大陶瓷碗时,他也没住手。他轻而易举地甩开她,好像要把她与过去几年的所有辛劳、重压和忧虑一起甩掉似的。

但那只是片刻的释放。还在那天下午,他就后悔了自己的愤怒发作,并向妻子道了歉。她沉默着原谅了他,乘车去第七区的赫茨曼斯基商场购买了成套的餐具和玻璃器皿。晚上大家坐在一起吃饭,小约翰内斯讲述学校的事。他的座位在第二排,在一个名字叫彼得的胖男孩旁边,彼得第一节课就尿湿了裤子,因为他不敢举起手来打报告上厕所。老师也没有注意到这件不幸的事情。老师给孩子们发了蓝色本子,接下来几天他们可以往本子里贴金色小星星。而她的名字是托米切克,灰白的头发在头顶扎高成一座小塔,她是他见过最漂亮的女人。

后来,当孩子们和父亲睡觉后,肉铺老板和妻子坐在电视机前,看了一部侦探电影。她的心情看上去不错,没任何迹象能透露出她最近的状态,当凶手最后被捕时,她发出一阵笑声,响亮又稚气,就像她以前一直笑的那样。

第二天,她比平时睡的时间长一点。她支着下巴吃早餐,看着窗外有轨电车的高架电线上火花四溅。从那以后,她只有购物或看医生时才出家门。她花很多时间做填字游戏,煮加了油煎面粉糊的浓汤,每天用呛人的醋水清洁浴室。她花很多个小时坐在收音机前,听新闻时事评论和谈话类节目。晚上,她照顾孩子们吃饭,送他们上床睡觉,等他们睡着,她就马上打开电视机,把自己裹在一条柔软的羊毛毯里,在沙发上一直坐到播放国歌宣布节目结束才去睡觉,那时她丈夫早已熟睡。

肉铺老板的父亲还坐在咖啡馆的桌子旁,纹丝不动,眼神垂在他的覆盆子苏打水上:"好,好,好,好。"

在外面,风把几片干树叶吹到人行道上,在簌簌作响地继续被吹走前,树叶短暂地停在门槛前。米拉和罗泽·格布哈特尔坐在窗前的一张桌子旁。罗泽好像因为什么很是激动,她的上身远远向前伸着,急切地对米拉说着什么,并一手挥舞着眼镜,另一只手反复指向市场的方向。

肉铺老板一口喝完啤酒,走回到桌旁,俯身靠近父亲,用手指掠过他的头发。

"我们走吧,爸爸。"他说。

他扶父亲站起来,两人一起走到外面街上。他向米拉和罗泽简短地点点头,然后左转,臂挽着臂迎风走去,风将灰尘吹进了他们眼中。

23

门猛地被撞开,海德·巴尔托洛默冲进咖啡馆。她气喘吁吁地站在餐厅中央,四下张望着。

"怎么了,海德?"西蒙问。

"他在哪儿?"她说,"那个浑蛋藏哪儿了?"她的声音听起来是克制压低的。她的发型散开了,稀疏的头发凌乱地垂在脸前。

"他不在这儿。"西蒙说。

"闭嘴。"她说,"他在卫生间,在那儿躲着我呢。"

"你愿意的话可以自己去看看。"西蒙说。

她的目光怔怔地绕过他，看向卫生间的门，然后她忽然喊叫起来："我受不了了！我再也受不了了！"有一瞬她好像失去了平衡，向一旁踉跄了一步，然后又站稳了，失神地让双手在腰两侧滑上滑下。

"我知道，"她轻声说，目光放空，"本来也只是我自己的事。"

她利落地把额头前的发缕抹开，转身向门外跑去。

"总是这样，"在柜台尽头坐着擦拭撒盐瓶的米拉说，"每隔几星期他就发次疯，去找别的女人，不是在普拉特公园，就是在市场上，或者是纱线厂的一个。从知道工厂要关闭后，那些女孩子都发了疯地想钩住个男人。"

"工厂不可惜，"一个坐在桌边喝咖啡、牙齿很糟糕的矮小女人说，"车间大厅里的穿堂风刮得像在火车西站一样，染坊里的蒸汽祸害了整个地区。那些女孩儿从乡下来的时候，脸蛋红扑扑的，头发又有光泽，最多三个月后，就能看到她们一个接一个地枯萎了。"

"应该把工厂拆了，盖住宅。"米拉说，"毕竟那些外来务工的人也需要个地方住。"

"他们会越来越多的。但只要他们不会抢走我们盘子里的面包,对我来说,他们想住哪里就住哪里。"桌旁的女人说,"反正现在盖房子就跟疯了似的,不论往哪儿看,都是工地。到处都是灰尘、污物和噪声。"

"城市在苏醒,"西蒙说,"总之宣传海报上是这么写的,这也必然是坏事。"

大家都沉默了一段时间,西蒙想着海德·巴尔托洛默和画家米沙。海德的出现没让任何人感到意外,就在上周她还大喊大叫着串街走巷地寻找米沙,因为她坚信,他正跟某个贱女人在某个门廊里约会。几个小时后,她确实在雷布汉街上的一条长椅上找到了他——和一位市场供货商的妻子坐在一起,望着西北火车站工地基坑上的落日。她从后面抓住两个人,猛烈地一拳打破了那个女人的鼻子,然后是撕裂的衬衫和沾满血的手帕,迅速聚集过来的附近居民的喊叫声,还有一阵持续不断的、犹如警报的痛苦哀号。

还有一次,她在布里吉登璐区抓到他与一个街道建设局的行政秘书在一起。她抓着那个女人的头发,沿着人行道把她拖到下一个十字路口,在路口她们摔倒在尘土里,紧紧抓在一起翻滚在街道上。在尝试把她们俩拉开时,米沙抓住了海德的一只脚,然后自己滑倒了,脸上被踢了一脚。

"我跟你说过的!"她喊叫着,"我一直都跟你说过的,你个肮脏的淫棍!"

"我爱你。"米沙叫道,同时摸索着嘴里被踢掉的牙齿。

"你们俩就是彻头彻尾的疯子!"秘书喊着,手脚并用爬回人行道。

确实,牛奶奶酪店女老板和画家两个人是疯狂的。他们是"爱情能造什么孽"的活生生的例子。没人知道,他们喜欢彼此什么,是什么奇特原因让他还没能彻底抛弃她,而她又为什么能一再原谅他的背叛。人们厌恶又暗暗激动地旁观他们无耻的对骂、厮打、公开的相互侮辱与和好,同时享受着一种满足,那是一种感受到被自己克制或禁止的激情在别人身上得到恣意放任时的满足。

在与行政秘书大打出手的当天晚上,海德和米沙来了咖啡馆,这是他们少有的合体现身咖啡馆的其中一次。他们沉默着相伴坐了半小时后,米沙忽然发出一声深深的叹息。他把头靠在她肩膀上,开始哭泣。

那是去年秋天,但西蒙感觉那好像就发生在昨天,他还能看到两个人坐在窗边,而且画面异常清晰,就像那画面从他记忆的模糊中凸显了出来似的:米沙颤动的背,贴在她肩膀上的他头,还有她的手指,不知疲倦地抚摸着他的头发,像人们哄小孩子入睡时那样。

米拉擦好了撒盐瓶,从吧凳上滑下来,开始她的餐厅"巡查"。她擦拭了桌面,与几个满脸灰尘坐在啤酒桶旁的工人说了几句话,给在写填字游戏的男人的杯子加满水。从一个小时前就在分享一杯苹果汁、头凑在一起轻声快速讲话的两个年轻女孩要了一支香烟。牙齿糟糕的矮小女人要了账单,付好钱走了。

外面天慢慢暗下来。西蒙把擦碗布叠好,走到门外。对面的一扇窗户里响起了异域风情的音乐。不久前很多公寓还空着,现在里面住了外国人,南斯拉夫劳工还有几个土耳其人。两个小男孩闲逛过来,在街角的口香糖自动贩售机前停下,投了几枚硬币。一个东西掉到地上,一个男孩弯腰去捡,忽然另一个男孩使劲猛踹贩售机,一阵金属质感的哐哐声后,男孩们喊叫起来,笑着跑开了。一阵柔和的风拂过,带来零星几点雨滴。

从施佩尔街过来一个男人,他气喘吁吁、脚步沉重地在路中央向着市场方向跑去。利奥波德街上也有人们跑着过来。一个女人在肉铺前停下,以自己为轴转了几圈,然后把双手拱围在嘴前大喊:"你在哪儿?你在哪儿呢?"一个声音回答了句听不清楚的话,女人又跑起来。

就在这一刻,西蒙头顶上方的一扇窗户猛地被打开,房东科斯蒂亚·瓦夫洛夫斯基的头露了出来。

"市场着火了!"他喊道,"就在那后面,赶快!"

他的手臂伸出来那刻形成傍晚天空前的一道深色线条。西蒙立马跑起来,穿过市场的小巷,向南奔去。在韦塞利的鱼店前就已经能听到火焰的噼里啪啦声。低矮的屋顶泛着红光,零星的火花向上飞迸随后熄灭。他在克鲁姆鲍姆街前的最后一排商铺旁停了下来。店铺之间的空地在这里扩展成了一个小广场,广场中央烈焰滚滚,火堆里是木头和纸,火焰有一人高,明亮耀眼,空中到处飘着燃烧的小碎片。就他所看见的,火势还未蔓延到周围的商店。人们拿着水桶、罐子和锅来回奔跑。一个戴着礼帽、拄着手杖的男人像个笨拙的大孩子一样跳来跳去，试图踩灭被风吹到人行道上的火星。雨现在下得更大了，大火的噼啪爆裂声里掺杂着轻微的嘶嘶声和呼啸声，像是被一种看不见的力量拉着，一个明亮的长方形从火焰中升起，还慢慢地竖立起来。那是一幅女人的肖像画，有一刹那，在被火苗吞噬前，她的面庞在红光中像是醒来有了生命一样。西蒙摘下围裙，努力用围裙扑打着像从火堆里倏忽钻出的小动物一样的火舌。顶着灼热的眼睛，他抽打着地面。他认出了更多的画布，被余烬侵蚀，或者完全烧焦了。一幅画上腾起明亮的火焰，而旁边就有另外一幅画完好无损地躺在灰烬中，画的是有肉铺在背景中的一条市场小巷，但是当他触碰到画时，它卷了起来，变暗，并开始轻轻地冒烟。

米沙忽然站在那儿，手里捧着一块画布，上面被余烬烫出的洞像花朵绽放一样燃着红色边缘。他痛苦地大叫一声，把画布扔回火里，然后俯身开始用双手在灰烬中翻找。

"停下！"西蒙喊道。"已经太晚了。"

米沙抬起头，呆呆地盯着他。火光浮动在他如两颗颤动的水滴的眼睛里。"是她，"他说，"是她干的。"

这时，火焰的声音变得平静些了。从利奥波德街传来的消防车警报声越来越近。消防车飞驰拐过街角，直接停在海德的牛奶奶酪店后面。在越来越浓密的落雨和烟雾缭绕中，穿着黑靴子、戴着闪亮头盔的消防员的行动像在梦中一样。西蒙在耳边听到一个声音，然后感觉到有人抓住他的肩膀，把他猛地向后一拉。从眼角余光中他看到，在米沙脸朝下让自己跌进灰烬里前，也被一把抓住拖开了。

24

大概在这段时间，西蒙注意到自己的生活节奏奇怪地扭曲变形了。每一天的时间好像被延展得越来越长，而一年年就那么飞逝而过，留下的不过是几片消散的记忆痕迹。不开门的周二上午，他常常累得筋疲力尽地躺在床上度过，回想着最初的时光。尽管有时有反复的疑虑与逆境，未来在他面前却是敞开的、友好的。在逐渐有了自己的个性，甚至在米拉看来具有了类似灵魂的东西的咖啡馆里，他看到了未来。

有时欠缺感会让他失眠,他也会想念年少时期的舒适的无须负责任和在逐渐从废墟中重生的城市里的漫无目的的闲逛。但他同时满是信心。随着吧台后那群苍蝇的离开,他驱赶了旧日的鬼怪,撞开了通往新生的大门,一种在此之前他不了解的力量充盈着他,并且再没离开过。

咖啡馆的生意并不红火,但还过得去,至少他不必感到羞耻。但他还是感觉到,最近一种虚空感开始在他心里蔓延。通过咖啡馆他实现了自己的梦想,但他也意识到了一个朴素、纯粹的事实——梦想一旦实现就会消失。他那模糊但仍算远大的展望,被各种小要求和麻烦所取代:科斯蒂亚·瓦夫洛夫斯基的催租通知;过高的供应商账单;爆裂的啤酒软管;冬季难熬的下午时光;还有夏天让露台布满白色斑点污渍的鸟屎。这些都烦心又费力,但每一次,当他尝试想象一种不同的人生时,结论都是:他现在的生活根本不差。

他是满意的,只是抱有一种渴望,这种渴望长久以来像是轻微炎症一样郁积在他心里。

在青春年华里,西蒙认为爱情完全是件捉摸不透的事,是一种人会无助地陷入其中,让头脑混乱、让身体时刻处于警觉状态的存在。他对修女的讲述毫无头绪,她们口中的爱情好像是夏季里一场温和的雨,绵绵不绝地落在万物和所有人身上,你可以在雨里随意漫步,想走多久就多久,永远也不会被淋湿。而他在这方面的第一次经历却迥然不同。那是他快过十六岁生日时,那时他刚刚离开学校,会在每个周日刮掉脸上的胡子,但是天气好的时候,依然会穿板型过瘦但腰髋处又过肥的皮短裤。一天早上,他在普拉特施特恩环道的大建筑工地附近游荡找工作时,一个女人跟他搭了话,她交叉着双腿,背靠着一根雨水排水管,站在一扇挂着被尼古丁熏黄的窗帘的夜店窗户旁。

"过来,"她说,"我给你看样东西。"

她比他还要高,敞怀穿着一件针织开衫,一件丝绸衬衫和一条橄榄绿色的短皮裙。她的腿又细又白,右膝盖上有一片呈拉长三角形的、几乎没愈合的擦伤。她的左眼发青,高高肿起,嘴的四周满是微细的皱纹,只要她一说话,这些细纹就乱七八糟地混乱起来。"是的,就仔细看看这一切吧。"

她从大衣口袋里翻出一包香烟和一盒火柴,给自己点了一根烟。年轻的西蒙感觉,她说话时嘴边的细纹就像在跳舞。

"这个季节的马蜂很疯狂,"她指着自己肿胀的眼睛说,"有一只正好落到了这儿,你想看看蜇咬口吗?"

年轻的西蒙摇摇头。"不了,"他说,"我现在也必须走了。"

"等等,"她手指一弹,把香烟扔到街上,向他走近两步,"你多大了?"

"快十六岁了。我下周过生日。"

"很好,"女人说,"因为我有个礼物给你。"

"什么呢?"

"这里面,"她抓起他的手,放在她的胸前,"还很温暖,你感觉到了吗?"

他犹豫地点点头。确实,衬衫的衣料好像在他手下燃烧。

"你身上有多少钱?"她问的声音很轻,他几乎没听清。

"十先令。"

她猛一甩头,把头发甩到肩后,盯着他。有一瞬间,她好像要丢下他不管了。但她又重新向他俯下身,脸颊贴着他的脸,向他耳朵里轻声说:"腿间还没长毛,就开始大冒险了,我说得对吗?你在这个世界上到底想要什么呢?"她的呼吸湿润温暖,他能闻到她皮肤上混杂着汗水与甜腻香水的气味。

"好吧,给我十先令。但你得向我保证,下次要多带一点来。现在来吧。"

后来,西蒙只能模糊地想起在夜店旁的房子入口处,在几只垃圾桶与一间贴满湿复写纸的简易木板房之间的晦暗处发生的事情。他知道,发生了一些不能逆转的事,有些什么不可挽回地失去了。但这感觉又很美妙,好像仅仅在一刻钟内,他彻底长大,不再需要穿皮短裤,也走出了童年。

他没再回去找过那个女人。当他在很多个月以后,又一次在那一带做事时,那栋有夜店的房子的所在之处变成了一道深深的建筑基坑,挖掘机在那儿的地面上翻掘着,几个男人在四溅的火星中焊接着巨大的钢格板。

直到三十岁,罗伯特·西蒙只经历过几次艳遇或短暂的恋爱。与下班后在餐馆花园五彩缤纷的灯笼下轻佻放浪的大多数年轻人相比,他比较害羞。他跳舞时控制不好自己的四肢,记不住机智风趣的话语,但他愿意倾听女孩们说话,并会在她们讲话时注视着她们的眼睛,这让他在女孩的世界里多少还能应付一下。有时候他觉得,竟然有女人坐在他身边,在笑的时候用指尖轻触他的胳膊,真是难以置信。她们对他的兴趣，使她们显得不那么陌生和神秘莫测，但这些关系没有一次是延续超过几个月的。他喜欢与女人一起度过时间，但不怎么懂她们的愿望与梦想。与某一个人每周日挽臂在奥加滕花园散步直到生命尽头的设想，让他感到沮丧。而自从开咖啡馆后，他本来也得为别的事操心。他也高兴，当他深夜筋疲力尽地回家时，没有人在等他，高兴他可以一个人在床上滚来滚去，随心所欲地向任何方向伸展自己的身体。

只有在某些夜晚，当最后几个客人离去，他站在门前望着街道时，才会感觉到，在某些情况下也许身边有个人陪伴也不是那么糟的事情，一个就简简单单在一起的人，不求其他，只为了在一起。

"我不想说，我对这个话题有多了解，"有一天，跟他谈论这件事的肉铺老板说，"其实我甚至可能是你最不应该请教的人。但是，如果你一定要听我的意见，那你就什么都别做，反正一切都是想来就来、说走就走。"

"这是什么意思？"

"这是说，在爱情面前我们全都是白痴。"肉铺老板说。

在这天晚上，西蒙梦到他的咖啡馆是个黑色的洞，他蹲在里面,等着新的一天的第一缕曙光。那是完全的黑暗。他想起身离开,就在这时,他头顶上方浮现出一个微弱的光斑,光斑摇摆着、转着越来越大的圈向他降下来。那是一只飞蛾,落在他的手背上,发着光的翅膀扇动了一两下,然后就熄灭了。在黑暗像秤砣一样压向西蒙时,他就开始跑起来了。

25

"你们请坐。"托尼·莫兰迪诺指着墙边破旧的皮沙发说。米拉和勒内坐在塌陷的沙发坐垫上,看着四周。房间狭窄低矮,天花板上装着两根氖气灯管,一个文件柜、两把椅子、一张黑色的旧办公桌。墙上贴着大赛事的海报,其中一张上面有勒内——站在格奥尔格·布勒门许茨后面第二排,拳头紧攥,做着鬼脸,嘴巴大大地张开着。从窗户里可以看到对面的防火墙。窗玻璃上蒙着一层灰尘,遮光百叶帘松散破落,已经褪了色。

莫兰迪诺坐在办公桌后,玩弄着手背上的汗毛。他比勒内大几岁，头发花白，像很多曾经的搏击手一样，他的鼻子断过几次。今天，他穿着一件浅蓝色的螺纹西装，衬衫敞开到胸口，粗壮的脖子在薄薄的一层汗下闪着光。

"好久没见了，米拉，"他说，"你还好吗？"

米拉耸耸肩。莫兰迪诺的声音让她感到吃惊。迄今为止她只在擂台上听到过他的声音——为了让所有人都能听到他的声音，他不得不大声狂吼。现在他的声音听起来轻柔而安静，没有平时声嘶力竭的沙哑。

"相当不错，我想。"

"我很高兴听你这么说，"莫兰迪诺说，"我真的很高兴。"

"你想做什么，托尼？"勒内问。

莫兰迪诺清清嗓子，短暂地看了米拉一眼。

"没关系，"勒内说，"她现在是我的人。你想说什么就直说。"

莫兰迪诺盯着他的脸看了一会儿，然后他向后仰进沙发椅里，打开一个抽屉，抽出一个薄薄的文件夹扔到办公桌上。

"你知道这是什么吗？"

"我的合同。"

"我们十二年前签的。那时候你还什么都不是。身上一堆肌肉,但肌肉后面啥都没有。靠着这份合同,你才有了今天的生活。当时我不得不把合同条款一条条读给你听才能让你明白。我本来不必这么做,但我还是做了,你知道为什么吗?"

勒内摇摇头。

"因为我想,你有这个本事,我们能把这个家伙打造成个人物。如果你不是这么懒的话,你能赢十条冠军腰带。以前人们是那样喜欢你。"

"他们现在也还喜欢我。"

"不,不喜欢了。你对他们来说已经无所谓了。你的反应变慢了。你有两次差点把整场比赛毁了。"

"但结局依然挺好的。"

"你昨天为什么没去训练?你看起来就很糟糕。你以为,我不知道发生了什么吗?你以为我是个傻瓜吗,勒内?你认为,我是个可以随便糊弄的白痴吗?"

"不是,我没有。"

"你为什么醉醺醺地来比赛?那样会很危险的,你知道的。"

"我只喝了两杯啤酒，再就没别的了。"

"别再对我撒谎了。"

"我没撒谎。"

"你没明白。我要把你辞了。马上就是团体赛了，那是最后的决赛。布勒门许茨手上有个新人，他很完美，是我见过的最混的浑蛋，而且勤奋。他这样干下去，再有三个礼拜比赛就是他的了。"

"他就是吹牛。他做不到的。但我还能，你知道的。"

"不，这正是我不知道的，该死！"

寂静了片刻，房间里只有从莫兰迪诺断掉的鼻子里规律发出的哧哧喷气声。

"我们会处理好的。"一直一动不动地坐在勒内身边的米拉说，"我们度过了一段艰难的时间，但现在都过去了。"

"你别瞎掺和，"勒内说，"你觉得我自己解决不了吗？"

"显然她比你自己更了解你。"莫兰迪诺说。

"去你的，"勒内说着站了起来。他走了一步，然后在房子中间站住了。

"你们不知道,"他说,"你四周有成千上万的人,但你自己是孤孤单单的一个人。你能听到他们喊叫,你能闻到对手的气味、汗和油。太阳烤着你的头,全身都疼,但你知道,你现在必须打出来。"

"你在那儿跟我说什么呢,"莫兰迪诺说,"我在擂台上站过十年,靠骨头硬扛着。比赛就是这样,玩不下去的就得滚。就这么简单。"

勒内点点头。有那么一会儿,他就垂着肩站在那儿,看着窗外,灰色的云影正掠过防火墙。然后,他的身体忽然一颤,他转过身,走回到沙发旁,但没有坐下。

"我会去训练,全力以赴。"他说,"我向你保证。我想了几件事,你可以让伯尼过来,我们最多需要一个上午。这是个好主意,你会看到的。"

莫兰迪诺没有回答。他的目光落在勒内的脸上,手指抚摸着桌面,描画着木头上的纹理和裂缝。

"您没听到吗?"米拉打破寂静,"他刚刚都说了……"

米拉和勒内几乎在整个回家的路上都没有说话。直到他们横穿过普拉特大路,拐进狭窄的罗滕施特恩街,勒内才说:

"我刚才不该那样跟你说话。我暴躁了,就脱口而出了,对不起。"

"没事,"米拉说,"我根本就没怎么听。"

"我是个傻瓜。"

"对,你是。"

"我们去喝一杯啤酒吗?就一小杯,解解渴。说了这么多话,我快渴死了。"

米拉不可置信地看着他。然后她挽住他的胳膊,说:"我有别的计划,跟我来。"

他们沿着魏因特劳本街和施塔特古特小街走向自己的公寓,但在他们拐进阿洛伊斯巷前,米拉停下来,抬头看着威赫绍夫酒店的黄色外墙。

"我总是能从我们的卧室看到这些被灯光照亮的窗户,也总是想象,在这儿住一晚会是什么样的。"她说,"你想象一下,他们的衣柜几乎到屋顶那么高,每张床旁边都有一部电话机,据说房间里的灯还是皇帝时期留下来的呢。"

"可能吧,"勒内说,"但现在我想回家了。如果我们什么都不喝,那我想去睡觉。我累了。"

"我们今天在这儿睡。"

"你什么意思?"

"昨天我给我们订了一个房间,有浴缸,早上七点到十点可以吃早饭。"

"你这是干什么?谁会在十点吃早饭?再说,我们也享受不起,这肯定要花一大笔钱。"

"我已经付钱了,"米拉说,"别扫兴。"

房间在四楼,就在他们公寓的对面。房间很小,但布置得明亮舒适;床单是亮白色的,枕头上放着两块包在锡箔里的小巧克力;地毯松软厚实,在一张小桌子上摆着用四种语言写的住客信息卡。

"比我想象的还漂亮。"米拉说。

勒内仔细打量了贴着绿黄色瓷砖的浴室,检查了吹风机和灯的开关,打开了衣柜,柜子确实几乎到屋顶那么高。当看到嵌入式小冰箱里的巧克力棒、啤酒和小瓶烈酒时,他短暂地点了点头,转向米拉时,脸上的神情也放松了些。他微笑了。

"你说得对,"他说,"真的很漂亮。"

米拉还回了对面的家一趟，取了他们的牙刷、睡衣和几件第二天需要的东西。回酒店时那没几米远的路感觉很奇怪。她期待将在陌生的房间度过的夜晚，但同时又感到良心不安，像是背弃了自己的家园。

她回来时，勒内坐在床上，咧嘴笑着。"一个女人来敲门问过，我们是否还需要什么。"他说，"就像对待那些尊贵的客人一样。"

"我们就是啊。"米拉拥抱着他说。他的呼吸中有轻微的烈酒气味，她吻他的时候想，他是把小酒瓶放进衣服口袋了，还是推到床下了呢？

"我们再出去走走吧，"他说，"这么舒服的一个夜晚，我也饿了。"

他们沿着布鲁莫尔街和塔博尔大街走到多瑙运河边，温暖的风迎面吹来。他们在一种奇怪的拘束中并排走着，沉默着，没有碰触彼此，像他们初次相识时一样。在一家小饭店里，他们点了带骨肉排和蔬菜，米拉看着勒内狼吞虎咽地吃下肉，好像他已经几天没吃东西了。

"你点一杯啤酒吧，"米拉说，"喝一杯没事儿。"

当他们后来回到房间时,她觉得房间比白天看起来要小、要破旧。赤脚踩在地毯上让她觉得恶心,当她拉开窗帘想把窗户打开一条缝时,她看见了地板上几根缠在一起的灰发。她穿上睡衣,关掉灯,躺到床上勒内身边。

"我们睡吗?"她问。

"睡吧。"

"还是你想再聊聊?"

"聊什么呢?"

他仰躺在床上,脸转向一边,双臂交叉垫在头下。她一直不明白,一个人怎么能如此坦然、毫无防备地把自己交给夜晚。她自己通常是侧身睡,像小猫一样蜷缩起来,膝盖间夹着一块被子。隔壁房间有人砰砰地撞击着墙壁。一个女人的声音高声尖叫起来,远处响起电话铃声。

"我觉得自己像个叛徒,"米拉在黑暗中轻声说,"你理解吗?"

勒内没有回答,他的呼吸深沉而均匀。米拉想到下午在氖气灯下明亮的办公室,想到莫兰迪诺的歪鼻子里发出的哧哧声,想到只要她一动,屁股下的皮革就发出的吱吱声,还有勒内,他站在消防逃生梯前的窗边,像个笨拙的大孩子。他又得到了一次机会,但这将是他的最后一个机会。她不知道,是否大多数苦难已经过去了,他们是否还有足够的渴望,能一再地振作起来。有人拖着沉重的步伐穿过走廊。勒内轻声打着呼噜。米拉抬起头时,能看到他们就在街另一侧的卧室的窗户的黑暗四边形。窗台上的小花瓶里插着他在普拉特公园射击赢得的蜡菊,在花瓶后面,几乎看不清楚的,是他们用摇篮零件拼搭起来的抽屉柜散发的乳白色微光。米拉闭上了眼睛。她安静地、一动不动地躺了片刻,但突然间,她感到一种炽热的悲伤在她心中升起,出人意料而又强烈。她压抑着声音,扑在勒内身边,把头埋在他肩膀下,开始哭泣。

"我们的摇篮上都有一个遮阳篷,"她对着压皱的床单断断续续地、嘶哑地抽泣着,"浅蓝色和白色的条纹,勒内,在阳光下肯定很招人喜欢……"

26

他们又从多瑙河里捞出来一个。她被冲到对面的罗博漫滩上了。在芦苇荡里泡了一个多星期,只是因为旁边站了一只苍鹭才发现了她。那么漂亮的鸟,它自然知道,哪儿有东西吃。据说她的脸都没了。其他一切都还在,头发、手指等等。几乎完好无损,但脸没了。我的天哪,人为什么总是那么不幸。每个人都是不幸的。你就不是。这你怎么知道?也许明天我就躺在芦苇丛里了,鸭子还在我的头发里搭窝。恐怖。有一部彼得·奥图尔演的新电影。我不喜欢他。他也不比约翰·韦恩差很多啊。约翰·韦恩二十年前就已经老了。以前去看场电影就像参加一场小庆典活动。下班后筋疲力尽地坐进影院,两个小时后再出来时就像一个全新的人一样了。像在内心里被照得通亮。但我不记得任何情节了。你被灌输了画面,却其实不知道在讲什么。在现实生活里也一样。人、事、物闪烁一阵,然后一切都消散了,最后剩下些什么?什么都没有。

也许除了有时候的一场梦。无论如何,约翰·韦恩已经过时了。但他这么一把年纪的人还能坐在马背上,真不可思议。不可思议的也正是有趣的。我第一次去看电影时,穿了一件蓝色时装裙,在那之前和之后,我从来没觉得自己那么漂亮过。那是很久以前的事了。时光飞逝,人却没有察觉,怎么会这样呢?我觉得我自己都在消逝中了。得了吧,你十年前就说过:电视前的沙发椅不换新坐垫了,不值得了。现在沙发椅都烂了,你还精神得很呢。有时候我自己都不了解自己。我看着镜子想:这真的是我吗?当然镜子什么也不会说,然后我就会开始惊讶于镜中的自己。你今天也在胡说八道啊。我知道,你一直都是我们两个里更聪明的那个。如果我真的聪明,有些事我会做得不同。什么事呢?比如少关注外表。大多数人内在也没什么。这倒是真的。哪儿都没有出路。我感觉不到我的脚趾了,这意味着什么?什么也不意味,它们只是麻了。希望是吧。我想,你那条裙子我也会喜欢的。海军蓝,白色裙边和领子。那些男人的目光都跟随着我,他们的目光在我屁股上都燃烧起来了,回家后我却哭了,因为我不确定他们看的真的是我。年轻时人就能这么蠢。其实我从来没喜欢过自己。首先因为我总是那么胖。甚至在战争中我的体重都没掉，这可不容易。在战争的最后一个冬天，我们吃过一匹小马。我觉得它死的时间比活的还要长。有些事再愿意也没法美化。米拉，麻烦您再给我们拿两杯来？加冰块。谢谢。你得揉揉脚趾，然后就不麻了。那看起来成何体统？看起来什么样又无所谓，我们又不是在德梅尔蛋糕店。我只去过德梅尔一次，是一位先生邀请我的，一个部级高官，住在阿尔瑟格伦德区一座公馆内最豪华的楼层①，很有风度，即使死了也还能领体面的薪水。但当攒奶油从他的胡子上滴落时，我知道，我不想要他。后来他娶了他的秘书，比他年轻二十岁。再后来，离婚，心脏停搏，中央公墓。人一生可能就这样。没有女人，男人什么也不是，只是没人知道这一点。有一次我一整年没找到工作，我老公给我买了一台电视机，好让我不感到无聊。当然他的初心是好的，我也感谢了他，但我内心里升起了黑色的仇恨。这也不一定是最糟的，有时候恨比爱能让人走更远。

---

① 指豪华住宅或宫殿中最豪华、最重要的楼层，通常位于建筑的第二层。这一层通常有高高的天花板、大窗户和华丽的装饰，通常用于接待客人和举办社交活动；或指位于这一层的公寓。

最好的是，在生命里找块儿阴凉地，忍耐着。那人们知道她是谁了吗？谁？芦苇荡里的女人。这怎么能知道呢，脸都没了。哦，谢谢，米拉，来得正是时候。冰块在杯子里的碰撞声那么好听。光这一点，就都值了。

27

春天时，西蒙把桌椅拖到外面，开始粉刷餐厅。在开张后的这些年里，墙壁发了灰，天花板上也积聚了炭黑斑点，像深色的乌云一样悬在客人的头顶上。本来他想选暗蛋黄色，但在短暂讨论后，家居用品店的女销售员从货架上取出两桶发亮的雪花石膏白涂料，坚决地搬到收银台。西蒙还买了一把梯子、几把刷子以及一罐抹墙粉，在一个星期二的下午就完成了粉刷。

傍晚，他用一块湿抹布擦去桌椅上的灰尘，又把它们搬进餐厅。他端着半杯啤酒，坐到门前，仰脸向着太阳。常春藤里，麻雀发出窸窸窣窣的声音，市场上的卷帘门像一起发射的步枪一样发出咔嗒的声音。肉铺老板向他挥挥手，向另一个方向走去。最近他在抱怨生意难做。塔博尔大街上又新开了一家超市，这是方圆不到五百米内的第四家。真空包装的肉堆叠在深冻冰柜里，被灯光照得看起来鲜美可口，能存放几个星期，而上面标的价格市场上没人能给得起。西蒙把腿伸展开。两个他打过照面略有印象的男人路过，边走边从一个纸袋子里拿出葡萄吃。"她是怎么承受这些的？"其中一个问。"肯定糟透了。"这两个人几年前出现在市场上过：一个在弗兰克·韦塞利的鱼店打工，另一个在纳夫雷切克的蔬菜水果店。他们穿着西装上衣，梳着光滑的背头。他们要去塔博尔电影院，西蒙想，或者去普拉特公园，他们在那儿约好了女孩子，要相互挽着手臂，窃窃私语着在各种游乐设施间闲逛，然后带一大瓶白葡萄酒躺到栗子树下面，把西装上衣摊开当毯子，让夜晚降临。

一男一女从对面房子的入口走出来，女人紧贴着男人的肩膀，脸半藏在翻高的大衣领子后面。他们在利奥波德街停下。男人抓住她的肩膀，开始急迫地对她说话，看上去好像他都要把鼻子凿到她脸上了。有一瞬间，她貌似要在他面前崩溃了，但是她忽然环抱住他的脖子,他们吻了很久,然后才好像精疲力竭地分开,消失在拐角处。

西蒙把啤酒喝完,对着阳光举起杯子。杯子已没了光泽,满是细微的划痕和水垢斑。米拉早就催促他买一台洗碗机,但那太贵了,而且噪声只会打扰咖啡馆的氛围。而且,他不喜欢连启动自己的力量都没有的机器。他也不能想象——机器会比他的双手做得更好。

阳光洒落在对面的一扇窗上,在地上形成一个大方块。方块里有一团包装纸,像一只小动物在温暖中休憩。一个年轻女人从施佩尔街转出街角,迈着紧张局促的步子走来。她的栗棕色头发乱蓬蓬的,像是刚穿过一场暴风雨;她的皮肤没有血色,几乎完全是白色的,眼睛明亮。她双手在胸前捧着一团布,径直向西蒙走来。"它还活着,"她喊,"我们需要水,快!"

"谁?"西蒙问,"谁还活着?"

就在这一刻,女人的脚从人行道边缘滑落,狠狠摔在街面上。西蒙跳起来,但在能帮上她之前,她已经自己站起来了。

"这儿。"她说着,向他伸出了那团东西。那是一条头巾或薄围巾，丝滑而轻盈，上面印着彩色的花朵图案。

"我拿这个干什么？"西蒙问，他现在确信，眼前这个女人肯定是疯了。

"你看不到吗？它还活着！"她喊道。

这时他才认出来，是只鸽子。它躺在她手中，像是在一个巢里，脖子远远向后伸着，翅膀紧贴着身体，胸前有一大道伤口，内脏从伤口溢出来，珍珠母贝白的、淡蓝的和红色的。

"它死了。"西蒙说。

"不可能，"女人说，"它刚刚还活着。"

"但现在死了。也许是被老鼠咬的，这附近的老鼠可大了。"

"不可能，"女人重复道，"我真为它难过，那么漂亮的鸟。"她愤怒地跺着脚，走到利奥波德街的拐角处，停了下来。

西蒙看到过很多只死鸽子，尤其是在普拉特公园的餐馆附近，路边常常有很多，或是被餐馆老板毒死的，或是被一年年越来越大、越来越快的汽车轧扁的。他还是个孩子时，在一次城市侦查漫步中闯进了一栋废墟房屋，并沿着仍然完好的楼梯爬到了最上面。屋顶和墙壁上有一个直径至少三米的大洞。像站在悬崖上一样，年轻的罗伯特·西蒙从那儿眺望着利奥波德城里一个个碎裂的屋顶，而利奥波德城好像在不断涌过的云影的韵律节奏中搏动着。在远处，他看到没有了吊舱、像是一副骷髅的摩天轮耸入天空；另一个方向是圣史蒂芬大教堂的尖顶，像是一层烟雾和灰尘薄纱后的一片黑色碎片。他还从未看过如此的景象。在街上，视线不能越过下一个拐角，即使在多瑙河河滩湿地，视线也会被树木挡住，但在这里，世界仿佛变得无限宽广开阔，如果不是害怕被人发现，然后被从这个观光点赶走，他很可能会大声喊叫欢呼起来。他开始探索屋顶后的部分，爬过一堆破碎的烟囱砖和烧焦的横梁，撞到一个凹陷的铁炉子上——炉子像一只仰面躺着的巨大黑色甲壳虫，敞开的肚子里塞满了碎木头和玻璃棉——再屈身钻过挂在横跨房间的晾衣绳上的、被烫得千疮百孔的床单。他走得越远，里面就越暗越闷。空气中弥漫着一种让人不适的微甜气味，每走一步，脚下都有咔嚓咔嚓的断裂声。他听到了一声纸张抖动般的声音，就像一只鸽子扇动了一下翅膀，有一刻，他感觉好像有什么东西在他前面动了，朦胧昏暗中有什么倏忽掠过。他身后的床单鼓起,透过了一些阳光。明亮的光线照在张开的翅膀骨头上,照在干瘪的爪子和有着黑色眼窝和尖端微弯的纤细鸟喙的小小头盖骨上。整个地面上都盖着厚厚的一层鸽子骨架、粪便和羽毛,其中夹杂着零星的灰色尸体,有些完好无损,另外的被老鼠或鼬啃噬过。他转身开始跑,冲下楼梯,穿过满是弹孔的走廊跑到室外,沿着多瑙运河旁的街道一直向北,直到在海利根施塔特火车站附近他喘不上气来才停下,而那时他的鼻子里依然能闻到死亡和腐烂的恶臭。

那个年轻女人还站在街角。她低着头,好像在注视手里的鸽子。她忽然转过身,走回来。

"我想,你是对的,"她说,"它死了。"

"我就这么说的啊。"西蒙说。

"那我们现在该做什么呢?"

"什么也做不了。做不了什么了。"

女人小心地触碰着灰色的羽毛。她的手很漂亮,手指纤细,皮肤白皙,但是指甲边缘沾满污垢显得黑黑的。

"给我。"西蒙说。他接住鸽子,把它捧到后面厨房,扔进垃圾里。他洗了手和脸,仔细擦干,再走出去。

"我以为，它的心脏还在跳动，"年轻的女人说，她还站在原地没有动，"感觉起来是这样的。"

"你在哪儿找到它的？"西蒙问。

"那前面，一辆汽车下面。它给自己找了有阴凉的地方。"

"无论如何，它现在是死了。"

"那么漂亮的一只鸟，"她又说了一次，"我真为它难过。"

她低着头在那儿站了一会儿，眼睛盯着她手里的布巾，然后盯住西蒙。

"你能给我点喝的吗？我们能聊一会儿。"

西蒙不知道他该说什么。墙上的涂料现在肯定已经干了，但他还得为明天的经营布置餐厅。

"我今天已经说够话了。"他说。

她短短笑了一声——嘶哑、戛然而止的笑声。

"你是怎样一个人啊？"她说，"不老，不年轻，只是坐在那儿，身上已经完全没有阳光了。"

"刚刚还有。"

"现在没了，而且没人知道是否还会再有。"

"你听我说，"西蒙说，"可能刚刚鸽子的事让你不舒服，或者，我又知道什么呢。最好，你现在还是走吧。"

她吃惊地看着他，短暂地张张嘴，好像还想回点什么话，然后她鼓起劲儿来，迅速离开了。西蒙的目光跟随着她，看她走到街上。她的上身轻微向前倾，肩膀高高耸起，他觉得她的背看起来奇怪地狭窄又柔弱，像一个孩子的背一样。

"好吧，随你，"他向她追喊道，"我给你点喝的。"

她叫雅莎。二十世纪六十年代中期，那时她十五岁，她和父母从南斯拉夫来到维也纳，大巴车开了十六个小时，整整一路，她一个字都不肯说。她两脚之间的小行李箱里不过装了几件衣服和一本记录约瑟普·布罗兹·铁托的格言和语录的插图小册子。一次她在海岸公路上看到铁托坐在车里疾驰而过，车上装饰着彩旗，由警察摩托车护送。从此她就相信了共产主义。她怀念小镇边缘鱼厂后面的青年俱乐部，怀念她的朋友和风里的调料气味——风早上从巴什卡沃达后面的山上落下来，再窃窃私语般地穿过邻近的松树林。她从一开始就讨厌维也纳。她认为，房屋的灰色会沾染到人们脸上。她讨厌这里的噪声。每天早上五点有轨电车丁零不断的铃声就开始响起来。所有街上无处不在的嗡嗡轰鸣声，没人清楚这声音到底是从哪里来的。她憎恨并且诅咒她的父母，恨他们放弃了她童年的家，强迫她来到这里，他们的脸在这期间也变得和所有其他维也纳人一样灰暗，而且，尽管他们费尽各种努力去适应，他们终究还是自己本来一直就是的那类人：南斯拉夫的农民。她滔滔不绝地向西蒙讲了这一切，好像情绪高涨，略带着口音，不时吞掉一个元音或整个音节，这让她的声音在某些瞬间意外地显得有些深沉。

"敬所有的灰色王八蛋！"她高喊着，向后一仰头喝下酒，好像被一种突如其来的猛烈激情攫住。西蒙倒了白葡萄酒，好像第一杯后她就已经喝够了。有时她会在句子中间停下来，不安地盯着墙上的某个地方或透过开着的门望着外面的街道。然后她又突然大声笑起来，继续说话。西蒙只是看着她，听她说话。在餐厅里面，她看起来比在外面体型大一些、强壮一些。她穿着牛仔裤、绿色套头衫和磨损而且有一点脏的翻毛皮夹克。她的头发没有光泽，打着绺，脸颊和额头上能看到红色小斑点。她的一颗门牙边缘上有断口，她笑的时候，可以看到少两颗下牙。她的眼睛比刚才在街上看起来更亮，淡蓝色的大眼睛。

在喝了第二杯之后,她饿了,他从厨房拿来面包和几根腌黄瓜。她沉默着吃了一会儿,然后又开始讲话,但说话时没什么表情,只有嘴唇在动,像是在从一块看不见的黑板上读文章似的。然后,好像又有什么在她体内得到了释放,她的脸开始好像由内而外地发着光彩,开始大声又明快地欢笑起来。她向他讲述了她的童年:角落里放着一人高的铁炉子的教室;沙滩上的黑色石头——每当被海浪冲击时,就好像苏醒过来有了生命;她的狗——口吐白沫从群山里回来后,她父亲不得不击毙它;还有铁托坐在他车里戴着的帽子——绿色的,对这样一个重要人物的头来说,小得出奇。

"这都是很久以前的事了,"她说,"现在我在这里了。"

"你为什么不回去呢?"西蒙问。"那些黑色的石头肯定还在。"

"不,"雅莎说,"没有石头了。什么都没了。巴什卡沃达消失在地下了,连群山、炉子和所有的居民一起。就这样,仅仅一夜之间全沉没了。连风都不见了。唯一留下的是铁托。"

"你要再喝一杯吗?"西蒙问。

她摇了摇头。

"Zar moj dragi neće da se vrati. O zar bes suza, nema ljubavi!①"

"意思是什么?"

"不重要。也许,可能,有一天我会告诉你。"

她向他俯过身去,用指尖轻触他的肩膀。"你是个好人,"她说,"跟别人不一样。"

"别人是什么样的呢?"

"阴暗,几乎认不清他们。"

"我觉得,你现在该走了。"

"好,我要走了。你把鸽子怎么了?"

"我把它埋了,就像应该的那样。"

"嗯,"她说,"你这样做很好。"

她突然站起来,一瞬间失去了平衡,一只手紧抓住吧台把自己扶稳。

"我喝不了酒。"

她用双手在夹克上抹了几次,窘迫地笑了一下。

---

① 意思是:"我所热爱的永不会回来。哦,没有眼泪,没有爱!"

"照顾好自己。"西蒙说。

她一次都没回头,走到外面街上,消失了。

他开始布置餐厅。他关上窗户,把家具移回原位,往桌子上摆上蜡烛和烟灰缸。路灯的灯光透过开着的门照进来,咖啡馆在墙壁上新粉刷的颜色中显得很温馨。他想到雅莎,她颤抖的手和指甲下的黑色边缘。她把那只死鸽子像礼物一样递给他,有一瞬间,风吹鼓了它的羽毛。他忽然有种感觉,好像他认识雅莎已经很久了,他们只是失去了联系,现在终于又找到了彼此。这是一个荒唐的想法,但他不愿舍弃这个想法。他还能感觉到她触碰他肩膀的地方。但后来当他躺在床上、睁着双眼看向黑暗时,他又觉得整个晚上都是荒谬的,并自问,为什么就这样轻易地浪费掉了这个晚上。

28

在接下来的两个星期里,她每天晚上都会来。她坐在吧台旁,点一杯水或咖啡,有时还会点一个"奥地利面包"和腌黄瓜，然后速度惊人地吞下食物。他们有时会聊天，或者她只是默默地坐在那儿，好像在做梦；他倒啤酒时，观察她的手指慢慢地在杯子边缘上滑动。他好奇她到底多少岁了。有时候她满是活力地走进门，摆动着双臂，脸上带着灿烂的微笑，他便惊讶于她显示出的少女气息。而有时候，她脸上又好像笼罩着阴影，嘴巴很小，紧闭着，眼睛黯淡而苍老。有一次，她没有明显理由地站起来，走到吧台后，拥抱了他。他在颈背上感觉到她的手，脸颊上是她的呼吸，不知道该怎样挪动自己的身体。拥抱仅持续了几秒，然后她又走回自己的座位坐下，好像什么都没发生过似的。

有一天她没来，他变得焦躁不安。整个晚上他都站在吧台后观望着门口。他做事心不在焉，弄混勃艮第白葡萄酒和维特利纳葡萄酒，把没洗的玻璃杯放回到架子上。当米拉或某位顾客跟他说话时，他回答得闷闷不乐、稀里糊涂。他在比平时关门晚一些，踏上回家的路后，马上就连续几次看到了雅莎：雅莎在房子入口，雅莎在街道尽头，雅莎在路过的夜班车的窗内，低着头，睡着了。

第二天下午很早她就来了。她坐在露台上，点了一杯咖啡和一大杯冰水。她的脸半遮在一副巨大的墨镜下,西蒙辨认不出,她跟他说话时是否在看着他。

"咖啡很好喝,"她说,"跟平时不一样。"

"我清理了咖啡机的水垢。可能是这个原因。"

"曾经有人跟我说,如果能在咖啡杯里看到勺子,就不是好咖啡。"

"谁跟你说的?"

"我不知道。也许是我自己。"

这时,米拉出现在门口,她对雅莎点点头,然后就消失在餐厅里。

"她不喜欢我。"雅莎说。

"谁说的。她根本不认识你。"

"女人相互认识彼此。不过,我不在乎。"

"我现在得进去了。"

"留在这儿。"

"为什么?"

"因为我请求你,"她说,"你昨天想我了吗?"

"想了。"他说。

"那很好。"她说。

西蒙耸耸肩。突然间,他觉得此刻自己系着围裙手里还拿着托盘的样子相当愚蠢。

"明天是星期二,"他用有些过于响亮的声音说,"我们去游泳怎么样?"

片刻时间,她似乎屏住了呼吸,然后摘下墨镜,眯着她浅蓝色的大眼睛看着他。"我不游泳,"她说,"但如果你愿意,我可以跟你一起在树下躺会儿。"

他们上午在墨西哥教堂旁汇合,走过在往来车辆中颤抖着的帝国大桥,经过路左侧的新联合国城的巨大建筑工地。西蒙跟她说,不久前一直到这里都还是宽广的草地,讲了工程师和政治家的第一次实地勘察:他们穿着橡胶长靴跋涉在泥泞中,顶着风、冒着雨雪,展开宏伟的计划图,在彼此耳边咆哮着各自的愿景。六座办公大楼,每座在平面图上都呈Y形,高达一百二十米,共二十八层,围绕着一栋圆柱形中央建筑,将为联合国所有成员国的多达五千名代表提供办公空间。一个新的巴比伦,联邦总理布鲁诺·克赖斯基在广播里宣布,一座城中城,一扇世界之门,一个由混凝土和玻璃构建而成的奇迹。两万扇窗户,一万五千扇门,九百八十七个卫生间,地下室有篮球场和全自动保龄球馆。

西蒙自己大概也不清楚,在那个炎热的上午他都向雅莎讲了什么,无论如何,他一直在不停地说话,直到后来他们躺在一棵榆树的阴影下,他才注意到,她一路上一声没吭。他们头顶上空的树叶沙沙响着,建筑工地的噪声传到这里只还剩下轻微的隆隆声。在他们前面不到三十米的地方,在高高的芦苇丛后面,几乎难以辨认的是绿褐色的老多瑙河在阳光下流淌着。几个退休老人分散地坐在他们的露营椅上,不时能听到有人在水里嬉闹尖叫。

"我要下水了,"他说,"你来吗?"

"我跟你说过了,我不游泳,"她说,"但是如果你愿意,你可以触摸我。"

西蒙不由自主地笑了。但他马上就为自己的笑感到惭愧,于是又沉默下来。他转向她,把手放在她的臀部上。雅莎的脸扭曲起来,好像她感到了疼痛,然后她闭起眼睛。她的呼吸急促,几斑慵懒的阳光在她额头上颤动。西蒙觉得,她看起来非常美,也这么告诉了她。他想吻她,但他害怕问她,更害怕直接就吻。但她肯定不会介意的,他想着,向她俯下身去。

就在这一刻,她伸直手打到他脸上。这一巴掌来得如此突然,他几乎跌倒在地。

"你不是说……"

"我知道我说了什么。但现在我就是不想这样。你以为我是个妓女还是什么?"

"你怎么会这么想?"

"去你的,见鬼去吧。"她说着,坐了起来,双臂环抱住膝盖,眼神盯向水面,"人怎么能在这种脏汤里游泳。谁知道水底下有什么东西正在腐烂。"

"这水是能喝的。"

"谁说的?"

"他们每年都会测量。"

"谁?谁每年测量?"

"我不知道。卫生局,或者水务局。他们测量水质,结果会登在报上。"

"我到底为什么还活着,"她说,"有时候我觉得,我根本不是人。"

"你说什么呢?"他说,"你到底怎么了?"

"没事,"她说,"我没怎么。"

她的衬衫袖子上爬上来一只小甲虫,在她肩膀上停下来,全身晃动几次,最终纹丝不动地静止住。它的甲壳泛着淡绿色的光,头和腿是黑色的,有几秒钟,西蒙觉得似乎四周除了这只微小的甲虫,什么都不存在了。

"我现在得走了,"雅莎突然站起来,"也许你不能理解,但我觉得跟你在一起是美好的。"

西蒙仰头看着她,几乎看不清她在逆光里俯视他的面容。

"我们会再见的,罗伯特。"

29

西蒙回到家时,是下午晚些的时候。公寓门开着,钥匙插在锁里。每个房间都开着灯,地板上散落着几件衣服。战争遗孀却不在。

他知道，这是会发生的。在过去几个月里，她变了。她忘记梳头，会往茶里撒盐，无论怎么努力都想不起来把家务围裙放在了哪里。他常听到她在夜里不安地在房子里走来走去，寻找放错地方的物品。她找不到她的袜子、小镜子或是一些她想不起名字的东西。她经常感谢他，感谢一切，也为不存在、没发生的一切表示感谢。她说"谢谢您的陪伴"或"谢谢你从地下室拿来了煤炭"。当他告诉她这房子已经集中供暖十五年了，她低下头，尴尬地笑笑。有些日子，她一清早就离开公寓，几个小时后才回来。但是到现在为止，她还是会锁好门带走钥匙的。厨房桌上有一个装着茶点的盘子，旁边放着几张写着笔记的小纸条：

从上往下第三个按钮；等二十分钟；记得拿刷子；一整筐黄色的……

西蒙离开公寓去找她。他横七竖八地穿过一条条小巷，来到熙熙攘攘的奥加滕花园。他在树荫下寻找，巡视一排排公园长椅——那里坐着退休老人和带孩子的年轻母亲，他沿着瓦斯纳街的围墙走,她有时在那附近采集做汤用的荨麻。

他在匆忙拥挤的塔博尔大街上,在商店之间的行人人群里寻找,他去卡梅利特市场的摊位间找她,但没人能告诉他关于老妇人的消息。当他大步行走在阳光下闪闪发光的铺路石上时,他感到不安和恐惧,担心她会出什么事。

警察局的人也没任何信息。一位警官记录了人物描述以及姓名和地址,并承诺会通知巡逻的同事。

西蒙又沿着塔博尔大街走了一遍,然后从诺德巴恩街向南走到普拉特施特恩火车站,他想起老妇人曾提到过,她很喜欢去火车站待着。她年轻时,有时会在空闲的日子里去火车北站,漫无目的地在车站大厅和站台上游荡一个小时。她喜欢铁轨、烟草和冬天里售货员用小铲子装进报纸纸袋中的热栗子的气味,她喜爱宽阔大厅里的喧嚣、列车到站时震耳欲聋的刹车声、列车员尖锐的哨声、小行李车的嘎嗒声,以及簇拥在车厢门口的人们制造出的沉闷的嘈杂鼎沸和偶尔穿透空间的几声清亮的呼喊。她经常在被照亮的玻璃立柜前站很久,研究列车时刻表。那些陌生的地名,像布热茨拉夫、布尔诺、佩特罗维采,能在她心里激起一种愉悦的悸动,她在梦里看到自己登上一列长长的远程列车,就这样开走一直前行,永远不会抵达目的地。

西蒙走过大厅,在下班高峰期的拥挤人群中间穿过。他双脚疼痛,行人们忙乱焦虑的脸让他烦躁,而且他很疲惫也很沮丧,也很想回家躺到床上去,但对老妇人的担忧让他继续前行。他又走出去一次,穿过有唱片店和烟草报亭的小通道,向火车站的酒馆、饮食店望了一眼,酗酒的人正像影子一样坐在半明半暗中,然后他又回到大厅,乘扶梯上到月台。

他终于在二号站台找到了她。她坐在最后面的长椅上,旁边是一个装着冬季用的防滑粗砂的大木头箱子。当他坐到她身边时,她似乎很高兴,至少她微笑了。

"坐在阳光里很舒服,"她说,"虽然这里变化很大。"

"什么变了?"

"以前火车站比现在的更宏伟,比人能想象出来的样子还要高还要宽敞。如果不是妈妈一直牵着小孩的手,小孩能走丢,而且以前墙上有很多大幅的画。"

"那是北站。这里是普拉特施特恩火车站。"

"北站在哪儿?"

"炸没了。"

"哦，是的，炸弹，"她沉思着说，"它们总会落到某个地方。不是这儿，就是别的地方。而且它们到处都会留下空缺。一个女邻居在炸弹坑里建了个小花园。她的西红柿总是死掉，但生菜很好吃。"

"您也想要个自己的小花园吗？"

"我不觉得。那么多的工作对我来说已经不可能了。要采摘荨麻，奥加滕花园对我来说就够了。奥加滕花园里那么美丽，尤其是在秋天，当花园里都是雨水气息的时候。"

她拿出手帕擦擦额头，然后又把它放回口袋，沉默地望了铁轨一会儿。

"现在只有快车了，"她说，"真正的火车很少。"

"我刚刚说过，这里是普拉特施特恩火车站。"

"总得去些地方。我不知道在公寓里该做什么。一切都变得陌生，时间似乎也不向前走。外面虽然也陌生，但至少有趣。在外面，日子好过些。"

一个女声通过扩音器宣告了一列火车的晚点。在站台的另一端，几个青少年欢呼起来，装起他们的东西——背包、衣物包、卷起的睡袋——一个紧挨着一个地急匆匆地沿着自动扶梯往下冲。西蒙眺望着闪烁的普拉特施特恩环路和向外散开的各条路，在这些路上，交通已经堵塞。在一个工地上，一个气锤嘎嗒嘎嗒响着。操作它的男人脱掉了衬衫，在他慢慢地加工沥青时，他那粗壮的、汗水闪闪的肚子颤动着。在工地后面的人行道上，人们推搡着试图尽可能快地穿过被搅起的尘土。对面房子的屋顶上，一个霓虹广告牌亮起："科克——电器、电视、无线电。"字母在阳光下几乎不可见地闪烁了一会儿，然后又熄灭了。

"我们要不要一起去火车西站？"他问老妇人，她在他身边静静地、一动不动地坐着，微微抬着头望着远方。"西站是尽头式火车站，就是说，火车会停得更久一些，有更多可以看的。"

"尽头式火车站，"老妇人说，"我很久没听到这个词了。"

"有多久了？"

她想了片刻，然后说："我不太确定，总之是在我们认识之前很久。但现在我有些想回家了。我觉得今天也不会再来火车了。"

173

"谁知道呢,也许会有。"

"等待让我太累了。我现在可以走吗?"

"可以,走吧,已经晚了。"

"我可以自己选择方向?"

"当然。"

"很好,谢谢。"

他扶着她站起来,撑托着她的胳膊。他们一起乘坐自动扶梯往下走时,他感觉到了她手部的压力。在大厅内的人群里,他觉得她比在站台上显得更娇小柔弱。

"如果您同意的话,我陪您一起走,"他说,"这种地方两个人一起走容易一点。"

"好,"她说,"我们去哪儿?"

"回家。"西蒙说。

"走过天气、灰尘和厌倦?"

"当然,"西蒙说,"不然应该怎样呢?"

她好像很喜欢这个回答。她停下来片刻,神采飞扬地看着他。

"谢谢,"她说,"非常感谢!"

30

雨噼里啪啦地打在窗户上,疾风劲吹。西蒙从吧台后面走出来,打开门。街上几乎没什么人,零星几个路人缩在伞下,匆匆走过,并试着避开路面上一夜之间积起的一个个深水洼。约翰内斯·贝尔格站在淌着一道道水帘的橱窗后的蓝色灯光下,正处理着他面前砧板上看起来像一大团黑色堆积物的肉。西蒙把胳膊伸到门外,感觉着雨水在他手掌上爆裂开来。在经过几天的炎热后,清凉的空气很舒服,雨水将冲掉常春藤上的灰尘,如果一会儿他用地板刷和一桶肥皂水清洗地面,没准连路边人行道上已干结成硬壳的一层污垢都能刷下来。一辆送货小卡车像一艘船似的驶过,在路面上留下哗哗的放射锥形波纹。车身一侧上有大大的字:完美,PAL

制式彩电——超音速,德律风根①制造。西蒙关上门,走回到吧台后面。这一整天咖啡馆的客人都不多,现在也只有三桌客人:一个靠窗户的位置上坐着一个裤腿湿透的男人,在他喝完第二杯啤酒后就进入了梦乡;与他相隔两张桌子坐的是一对紧紧依偎在一起的小情侣;情侣对面,是罗泽·格布哈特尔,她透过金边眼镜的上沿观察着裤腿湿透的男人。

米拉坐在吧台旁叠餐巾纸。这是一项她讨厌的工作,干燥的餐巾纸在手指间磨来磨去的感觉不太舒服,她总有想把它们团起来往身后抛去或者直接把它们扔到地上的冲动。而且她现在注意力不集中,她的视线一再飘向洗手间的门,在那儿停留几秒钟,然后再继续工作。最终,她站起来,把餐巾纸放进托盘,摆在撒盐瓶和牙签的旁边。

"够了,"她说,"我去看看。"

"随她去吧,"西蒙说,"女人有时候需要的时间就是

---

① 德律风根(德语:Telefunken),一九〇三年由德国皇帝威廉二世推动两家企业合并而成,以制造无线电装备起家,第二次世界大战后转型为家电产品商,擅长音响相关产品。PAL 制式,意为逐行倒相(Phase Alternating Line)。

久一点儿。"

"你对女人又懂什么，"米拉说，"她在里面至少已经十分钟了。这不正常。"

她在那儿站了一会儿，盯着卫生间的门，然后又坐下，给自己点了一支烟。

"我不信任她。"她说。

"我不知道你为什么这样想。她只是有些问题，可谁又没有呢？"

"你们男人都是什么样的大笨蛋呀，"米拉说，"她一周来五次，喝个烂醉，一分钱都不付。她瘦得像根儿草，指甲脏兮兮的，净说胡话。你看到那些药片了吗？"

"看到了。"

"药片每次都不一样。昨天是白色圆药片，今天是黄色胶囊。我一开始还以为是栓剂呢，那么大个儿。"

"也许她身体疼痛，这总可能吧，你说呢？"

"不仅是药片。她为什么总是挠手臂？三十度的天气，她也穿长袖。韦塞利上星期在古姆彭多夫街看到她了，就是那种人买货的地方。你可当心点，别让她把你也拉下水。"

"那不会的。"

"我能看出来是怎么回事。她让你鬼迷心窍了。我不是说,她一定是个坏人什么的。我只是说,少跟她打交道。"

"你不想再叠几张餐巾纸吗?"

"你还记得上个礼拜钱箱里的钱少了吗?当时我在外面露台上,你在厨房里。然后钱就没了。"

他摇摇头,问:"你想说什么?"

"我想说,是她拿的。她偷了你的钱。"

"那天人很多,可能是任何人。"

"那会儿只有她在吧台旁边。两百先令。然后没一会儿她就走了。"

西蒙感到一阵恶心。他把视线绕过米拉投向门口,尽力寻找其他有可能的理由。他想,是不是自己数错了钱,或者结账时算错了什么,但是他心里清楚,米拉是对的。他差不多在一个月前恋爱了,也几乎是同样长的时间让他明白——这份爱是无望的。有些时刻,当他们在一起时,在咖啡馆、在街上或在奥加滕花园,他的感觉是自在又轻松的。但是紧接着她就会毫无理由地对他发火,冲他大喊大叫,或者忽然在街上就哭起来。她常常显得神情恍惚,他跟她说话时,她自我封闭又精神紧绷。她甚至都没尝试去隐藏那些药片。她说,她吃药是为了对付胃灼热、治下腹疼痛、调养虚弱的身体。"我吃什么,关你们屁事,"她说,"这是我的身体,我想拿它怎么样就怎么样。"

她喜怒无常的脾气和情绪发作开始让他厌烦,本来应该让他们越来越亲近的每一天,却让他认为她越来越陌生。有一些事令他心生疑虑和不信任。有一次,他陪战争遗孀去市政部门办事时,在路上看到她挽着一个高大的灰发男子的手臂在过马路。他们两人大声、旁若无人地说着话,雅莎蹦蹦跳跳地小步走着,远远看起来像是个忘乎所以的小孩子。当他第二天问她这件事时,她只是嘲笑他,让他不要多想。她讲述的事自相矛盾。她童年生活的村庄突然不再叫巴什卡沃达,而是另外一个难以发音的名字。而且村子在山里,远远超过高山林木线,父母在她还很小的时候就去世了,当他问她的狗叫什么名字时,她反驳说自己从来就没养过狗。

有一天,他们在普拉特公园散完步往回走时,她忽然站住,睁大眼睛盯着他。"怎么了?"他惊恐地问,"有什么不对劲吗？"

她没有回答，但是她的下嘴唇在发抖，身体也一阵寒战。她快速向他走近一步，双手环绕住他的脖颈，揉抚他的头发，紧紧抓住他的衬衣。她张开烫热的唇，脸向他靠近，在她吻他时，眼睛依然大大地睁着，好像在遥望远方的某个地方，就那么透过他看出去。

"你愿怎么说就怎么说，"米拉说，"我现在去看看。"她从吧凳上滑下来，步伐坚决地向卫生间走去，消失在门后。

"她说得对。那个女人有问题，"坐在自己桌前的罗泽·格布哈特尔说，"这大概谁都看得出来。"

几乎在同一刻，门又猛地被撞开，米拉站在那儿。"快，"她声音略微沙哑地说，"她搞出大事了。"

两秒钟后，西蒙站在只有一盏灯泡照亮的小房间里。雅莎坐在马桶旁的地板上，眼睛呆滞、冷漠地望着他。她的左臂在胸前伸展开，衬衫袖子高高挽起，整个小臂上——从胳膊肘到手腕——有一道道新鲜的、半根手指长的割痕，伤口里还往外渗着血。地板上布满圆形的血滴。而她的右手捏着一片剃须刀片。

"我有些头晕心慌。"她说。

"放下刀片，"西蒙说，"不要动。"

雅莎咯咯地笑着，用沾满鲜血的手抹过嘴唇。"你们都是浑蛋，"她说，"而你是所有人中最浑蛋的那个。"

"拿几条擦碗布来。"西蒙对出现在他身后的米拉说，"打电话叫救护车。"

"可能会有些痛苦，但血比想象的要甜，"雅莎用无神的眼睛仰望着他说。

一时间，谣言四起。肉铺的一位在洛伦茨－伯勒尔医院急诊门诊部做助理护士的常客说，她清楚地记着那天因为小臂多处划伤被送来的年轻女人，她毫未反抗地被挂上输液瓶、插上胃管、包扎了手臂，在不到一小时后，就像冬天里苍白的月亮一样摇摇晃晃地走进黑夜。另外，她的名字不是雅莎，而是瓦卢卡或拉杜卡之类的，她自称她的职业是演说家。一位客人在几星期后宣称，他在普拉特公园的一间联合剧院的舞台上认出了赤身裸体的她；另一位客人郑重发誓，在费尔德尔路上看到过她，那时的她背倚着一个交通标志牌，一只瘦骨嶙峋的手臂伸直高高举起。大多数人坚信，她就是疯了，甚至可能一直都是疯的,说不定哪天她就会被从罗博漫滩的水里捞起来,这不过是早晚的问题。

罗泽·格布哈特尔有着不一样的想法:某一个人的疯癫不是问题,整体时代的才是。现在这个时代不过是一个在彻底衰败、堕落的过去的基础上蔓延疯长的溃疡,最终会不可避免地侵蚀未来,并因此导致一切使生活还算能忍受的事物的彻底灭亡。这么看来,她认为,不管靠什么方式,毒品注射、吃药也好,喝三倍浓度的樱桃甜烧酒也罢,能及时逃到一个彼岸世界,远离此生人间的愚蠢,也不是最糟的解决方法。

西蒙没参与这些闲话。他为雅莎的离开而伤心,他也为自己安然无恙地度过了这段人生插曲而高兴。雅莎点燃了他心里的一种渴望,但他同时也知道,她会把他拉入一个越来越疯狂、越陷越深的混乱旋涡,他最终将不能靠自己的力量把自己从中解救出来。有一段时间,他还会梦到她,梦到她慵懒的眼神,梦到她纤细的、捧成鸽子窝形状的双手,梦到铁托的帽子高高地在她头顶上像羽毛一样轻盈地快速滑翔。但几个月后,梦也停了,他只是偶尔还会想起她,很快他甚至尝试想象她的音容笑貌都会失败。在后来的人生中,当他回想起雅莎时，会觉得她不真实，会怀疑莫非是自己想象出来了这么一个人，不然一个人怎么可能一瞬间就消失了呢？就那样消散了，没有告别和遗憾，没留下一丝痕迹？

31

米拉决定把勒内赶出自己的生活时，他已经醉了几天了。

"我想要你走，"她说，"现在马上。"

那是凌晨三点半，勒内正坐在灯光明亮的厨房里，吃着去掉头的油浸小沙丁鱼，他用手指将小鱼一条条从罐头里捏出来，塞进嘴里。

"你想要我怎么样？"他说，"我刚刚才回到家。"他的舌头听起来像是肿到了平时的两倍大，他在椅子上摇摆着身体，用浑浊的目光环视着房间。

"这里不再是你的家了，"米拉说，"我不想再在这里看到你。"

勒内点点头。他又打过三场大的比赛，前两场都很顺利，他感到自己状态良好，剪刀腿也轻易地完成了，观众们呼啸沸腾。但第三场比赛出了岔子。比赛前一晚上，他一直喝酒到清晨，当他的对手——一个人高马大的年轻罗马尼亚人——一进攻就使用了一记裸绞时，他的眼前一黑。当他再次苏醒过来时，已经躺在擂台旁边了，他的背部下面是被太阳晒得温热的水泥地面，脸上方是正对着他咆哮的托尼·莫兰迪诺胀成深红色气球的脑袋。

接下来的白天和夜晚，他游荡在塔博尔大街和它的条条侧巷的酒馆和烧酒店里，在悔恨勒紧他的心的同时，他也在厌恶着自己和整个世界。他感觉到自己的生活陷入了沼泽。他确定自己浪费了生命中的每一天，而且一事无成。一种空虚的感觉在他心里升起，他害怕自己会失去理智，在一些时刻，他不再知道自己在哪儿，又是怎么来到那里的。当他在深夜或一清早回家时，他没有去床上躺到米拉身边。他为身上散发的酸臭味和从镜子里回望着他的红肿的脸而羞耻。

"来，坐到我身边，"他说，"我们喝一杯啤酒聊聊。"

"我什么也不想喝，也不想说话。我想要你走。"

"我跟你一样住在这儿，别忘了。"

"你早就不住在这里了。你大半夜才回来,砰砰咚咚地四处乱走,你以为我不知道吗?我都知道。我受够了,我累了。我现在只想睡觉。"

"那你就去睡,你这个蠢货!"勒内大吼道,跳起来站在那儿,脸色苍白,身体摇摇晃晃。

"你想打我?"米拉喊着,向他迈进一步,"来呀,你打啊。"

她挑衅地仰脸对着他,泪水顺着她的脸颊流下来。

"我发誓,我真会打的。"勒内说。他呼吸沉重,红着眼眶看着她。

"打我吧,"米拉说,"这样能让一切都更容易些。"

勒内缓缓举起手,想去触摸她的脸,但她向后退去,双臂交叉放在胸前。

"你能别哭了吗?"勒内说,"你知道我受不了。"

"不能,"米拉说,"你现在走吧。"

勒内摇摆着走下楼梯时,短暂地希望过她会喊他回去,但楼梯间里只有他自己脚步的回声,在清晨的寂静中轰轰隆隆的很响亮。街上清凉的风感觉很舒服。他沿着齐尔库斯街向普拉特公园方向走去,奇怪的是,他在一整路上都没再想过米拉。他走过无人的街道，一路忙着注意不要绊倒，不要将整个身子扑到街面上。在罗滕施特恩街的街角，他倚靠着一块路牌站住，因为他有一刻迷失了方向。一个穿着膝盖上有破洞、裤边开线的牛仔裤的男人穿过马路，勒内本来想问他几点了，但他还没张嘴，男人就已经消失了。勒内抬头看向天空，天上亮起一抹浅黄色的光。有些事让他觉得奇怪，有一瞬间，他感觉街两侧的房子好像要向他倾倒、崩塌。他等了一会儿，然后把身体撑离路牌，继续走下去。在普拉特大路，一些行人向他迎面走来，是垂着肩、蹑手蹑脚地走去工作的倒班工人，是去往火车站的通勤者。一辆警车开近，从他身边路过，两位警察的脸色苍白、面无表情。"去你们的，"勒内说，"全他妈去你们的，你们这些畜生。"

一阵恶心袭来，他忽然全身发冷，感觉舌头像一块木头一样粗糙、干燥。当他踏进两条街外一间整晚营业的小烧酒店时，他感到脚下被烫了斑斑破洞的脏地毯地面好像开始左右摇晃起来。他抓住吧台边儿站稳，小心地坐下，点了一杯啤酒。后来他又喝了烈酒，在第三杯后，他开始跟店主——或者只是向着房间说话："我不听任何人的任何话。明天我有一场比赛。你听到了吗？我会把他们都打败。一个、两个或随便你们给我派多少……"他这样说着，并试图去理解那些困扰、折磨他的想法。然后，他身体里有什么东西动起来，他看到天花板上的灯光开始旋转，下一刻他的额头就重重砸到吧台上。他从吧凳上滑下来，试着抓住点什么，然后就听到杯子的破碎声和男人的声音，他们好像在从远处呼喊他。然后他感到有人抓住他的肩膀，把他推到了门外。

在外面，阳光像一记重击一样打到他身上。他踉跄几步，从门口走开，在汽车的喇叭声中横穿过马路。他纳闷，从哪儿忽然来了这么多汽车，明明已经这么晚了。但太阳正高高地悬在空中，摩天轮在普拉特施特恩环路后面高高耸起，那么清晰。勒内径直向摩天轮方向走去。他横穿过交通环岛，穿过火车站地下通道，沿着宽阔的人行道走进普拉特公园。一群小学生堵住了他的路，孩子们聚集在老师旁边，激动地原地跳跃着，高高举起手臂，用他们清亮的、有穿透力的声音呼喊尖叫着。

勒内试着绕开他们时，一个留着圆圆的蘑菇头短发的小女孩拦住他。

"你在流血，"她指着他的脑袋说，"那儿！"

勒内用手抹一把脸，他的手指沾染了血迹，也许是他的额头砸到吧台上时碰到了玻璃杯，也许是他磕断了鼻子。

"只是鼻子，"他说，"没事儿。"

就在这一刻，他尝到了嘴里的血，微甜的、金属般的味道。小女孩还站在那儿，手臂依然指着他，她指甲涂得不太整齐，指尖上粘着玫瑰红的指甲油。她的脸颊在太阳下发着灼热的红光，嘴微张着。

"走开。"勒内说。他感觉到，在他的嘴角聚集了小泡泡，但他不知道那是血还是只是唾液。"走开。"

小女孩脸上的表情变了，眉毛皱起来，下嘴唇开始颤抖。然后她就跑开了，没再回过一次头，消失在一群孩子中。

勒内继续走，尝试让自己一直待在游乐设施的阴影里。他流着汗，疲倦开始在他身体内蔓延。在J.H.施特恩幸运游戏乐园的卫生间里，他洗了脸。根据他看到的状况判断，鼻子没有断，右眼眉上面有一道小裂口，往外渗着血。他感到舌头疼肿，他漱了漱口，往眉毛上方粘了一小块卫生纸，走进一个隔间。他坐在那儿，上身前倾，手臂和头靠在膝盖上，倾听着四周的声音：脚步声，已减弱的嘈杂人声，墙后游戏机的哔哔声和铃声。

有人使劲砸门时，他醒过来。

"出来！动起来，快点！"

"我还没好。"

"如果你还不出来，我们就撬门。"

勒内站起来，摇摇晃晃撞到墙上，推开门闩，走到外面。

他面前站着一个穿连体工装的年轻土耳其人，手里拎着一只清洁桶。

"你现在最好回家，躺下睡个够。"

"我想躺下时才躺。"

年轻人耸耸肩，把一块抹布浸入桶中，开始清洁厕所隔间的门把手。

在一个小吃摊，勒内吃了一根香肠，还喝了一杯黑咖啡。后来他去了鲸鱼饭店，点了一杯啤酒。他坐在花园的边缘，用困倦的冷漠观察着其他客人。太阳照在他的脸上，但起身换个地方要费的辛苦在他看来不值得。他又点了一杯，啤酒苦涩清凉，让他忘了疼痛。

"我觉得你今天喝够了,"服务员说,"明天再来吧。"

"你知道什么。再给我来一杯。"

"我认识你。你以前在碰碰车那儿工作。"

"那儿我早就不干了,"勒内说,"你明天来干草市场。我在那儿有场比赛。是最后几场中的一场了。明年去美国。"

"听着,我再给你上一杯啤酒,但今天就这么多了,你听明白了吗?然后你就得走。"

"你就给我拿来吧。"

他把啤酒喝了,付了钱,在普拉特公园漫无目的地乱逛了一会儿。他感觉好些了,只是累得难受。在一家小型情色电影院,他买了一张下午场的票,坐到最后一排。他看那些胸部巨大、大大张着嘴的丰腴金发女人,和一伏到女人身上就把脸扭曲成讥讽的鬼脸的男人们,像是透过一层薄纱。他们的声音,呻吟、哼唧和喊叫,让他觉得陌生又不安。

"畜生,"他听到自己说,"去死吧,你们这些畜生。"

他醒来时,好像将要与死亡搏斗一样。他倒向了一侧,上身斜躺在电影院座椅上,左脸枕着扶手。他的胸腔感觉像是被夹进了一个老虎钳里,他害怕自己的心脏随时可能停止跳动。空气很闷，炎热难以忍受。前面荧幕上的电影还在继续，还是同样的胸、嘴和声响，但也可能早就是另外一部电影了。他盯着头顶上空的光束看了几分钟，光柱里面飘浮着闪亮的微细灰尘，然后他直起身来，穿过一排座椅和狭小的门厅走到室外。

外面天黑了。街上熙攘热闹，游乐设施上霓虹灯黯淡的黄、红和蓝光照在人们脸上。几个水滴落在铺石路面上，然后水滴密集成一阵如丝绸般柔软的雨，但它来得快去得也快。人行道好像在蒸腾，水洼里的灯光闪烁，空气中弥漫着腐烂树叶的气味和烤肉小吃摊的热气。到处是笑声和喊叫声、音乐、游戏机的铃声和商家沙哑的叫卖喊嚷声。

在一个小售货亭旁，勒内喝了两瓶啤酒。大蒜和陈旧油脂的臭味熏得他逃离了，但他没走几步就折回来，又买了一瓶苦艾酒。他边走边喝，大口大口地，贪婪地，目光投向云朵涌动的天空。有时，他会在人流中停下，在原地呆滞不动片刻，然后继续踉踉跄跄、小声咒骂着往前走。在一盏路灯下，他试着系鞋带。他失去了平衡，在湿漉漉的柏油路上坐了好一会儿。人影匆匆……影子……

几个穿着光滑皮夹克的年轻男子停下来,简短地和他说了几句话就又走了,他们背上仿佛浇着流动的光。

他重新站起来,横穿过街道,硬撑着慢慢走进碰碰车乐园后面的一条狭窄侧街。在垃圾桶和一个装撒砂石的容器之间的黑暗空隙里,他坐到地上。他向后倒,倚靠在一摞潮湿的纸箱上。以前,他在小玻璃房子里挤在话筒和音响之间工作几小时后,常常在这里抽一支烟,伸展一下肌肉。雨又开始下大了,雨滴落到地面时,会飞溅开来,在铺路石的石缝之间形成白色泡沫,然后随着细小的水流流走。

在对面的墙上,有人用大大的字母写了个"猪"。颜料沿着宽宽的条纹流淌到地面。应该把他们打死,勒内迷迷糊糊地想,把他们的头踩成糨糊,把他们身体里每一根骨头都打断。他尝试着用手臂支撑自己起来,却滑倒了,头重重地砸到沥青路面上。他惊讶自己没有感到疼痛,又试了一次想站起来,但意识到,靠自己做不到了,便闭上了眼睛。

他听到碰碰车乐园里的笑声和喊叫声,还有过山车的呼啸声。有一瞬间,他感觉地面开始震动,但随即意识到,那是他的身体在颤抖。他感到一阵刺痛,就在肋骨下面,他呻吟着蜷缩起来。原来是这样的，他想，但并不知道，这是什么意思。他身体内有个什么东西放松下来，他翻身仰躺下，等待下一次刺痛。

当感觉到有什么在触碰他的肩膀时，他睁开了眼睛，在他上方看到一颗头，一缕缕发梢湿润地掠过他的额头，还有一双大大的、闪亮的眼睛。

"白痴。"米拉说，他感觉到她的双手伸到他的上身下面，用惊人的力量把他拉到自己怀里。"你个大白痴。"

32

科斯蒂亚·瓦夫洛夫斯基一手拿公文包、一手拿雨伞在玛丽恩桥上向利奥波德城方向走着。从一清早，维也纳盆地上空就聚集着满天预示着雷雨的乌云，炎热像被压在一口焖锅里似的被封锁在下面。空气沉闷潮湿，但解脱之雨却迟迟未降。科斯蒂亚·瓦夫洛夫斯基尽可能慢地走着，顶着热空气形成的、越来越厚的"墙"，几乎没有前进。他不能出汗，这是他下的决心，雨水会把天上的寒冷带下来，那就意味着要保持干燥，不然死亡就会接他走了。对于他这把年纪的人，心脏对于这个世界来说还太过柔软太容易受伤，而且此刻还正跳得过快。一直到脖子里，他都能感到心脏那快速、干燥的跳动，尤其是在喉结下面的凹陷处，在那儿，小孩子的手指一戳就能消灭一个人的生命。有一天他在约翰内斯·贝尔格的砧板上看到一颗小小的、鲜血淋淋的、几乎是黑色的鸡心，在肉铺老板手腕快速抖动、几刀把它剁成碎块之前，它还最后跳动了一下，从那以后，他每想到自己的心脏，就一阵不适。他感觉它随时可能静止，就那样直接停止跳动，然后就只剩下最后的、愤怒的挣扎。

在桥中央，在圣母玛利亚雕像旁，他停了下来。圣母站在玫瑰花拱门下，把圣婴紧抱在胸前，目光垂落在畏怯地蜷缩在她脚下的女孩身上。圣母的脚趾从齐地面长的裙摆里露出来，脚趾巨大。科斯蒂亚·瓦夫洛夫斯基想，纪念雕塑上的脚总是太大，至少他认识的那些雕像的脚都这样。或许在佛罗伦萨或雅典它们会小一些，或许古罗马希腊人对结构比例有着完全不同的认识，不论如何，在维也纳它们总是形状奇怪，甚至被放大到可笑的程度。而且，在艾森施塔特和萨尔茨堡也是如此，这是他一生中唯"二"参观过的城市：巨大的雕像脚丫，在每一座城市公园里，在每一个教堂入口旁，在一半的街角路口上。

他弯腰趴在桥栏杆上，俯瞰下面的运河，河水混浊，颜色无法定义。他想到在他还是个小孩子时曾被迫从奥加滕桥上跳下去过一次。那时他刚满十二岁，被几个同学说服在放学后陪他们一起去桥上揭穿个什么天大的秘密。刚走到桥上，他们就从他背上扯下书包，在人行道上拖曳着他，一直拖到桥中央。他手脚乱舞，踢打着自己的四周，但他那时就已经长得比别人矮小、虚弱，当他们终于把他举过栏杆时，他早已放弃了抵抗，只是尽量避免头或肩撞到桥梁边缘。在他在空中旋转几圈跌入深处之前，他最后看到的是卡尔·赖特汗光闪闪的脸，那是隔壁班一个不显眼的男孩，他在过去几年都没跟他寒暄过几句话。"没事的，"卡尔大笑着高喊，"最多就是死掉！"他头后面的正午骄阳，看起来像快要爆炸似的。

坠落过程很短，也不壮观。他听到自己的喊叫，然后是一声响亮的拍入水面的声音,紧接着是哗哗水流声,在下一刻,他就开始呼哧呼哧地急乱地逆着水流游泳,努力游到北侧的上岸点。他从眼角余光中看到其他人站在桥上,他们欢笑着,向他挥着手。他也表现得好像一切只是个有趣的玩笑似的,笑着,强装着兴高采烈地用手臂打着水。但实际上,羞耻感在他心里燃烧着,他感到自己迄今为止从未这样软弱和愚蠢过。他不知道他们为什么这么做,但他明白,是他自己的错。一定是他自己的错,不然在这个世界上不可能有那么多的不公。

科斯蒂亚·瓦夫洛夫斯基站在圣母玛利亚雕像下,望着水面。他忽然记不清自己在那儿站了多久了。他感觉现在比刚才还更热更闷了。他出汗了,衬衫粘在背上,他感到自己像是穿着羊毛袜子和皮鞋深陷在烫沥青里。半小时前,他还坐在希梅尔普福尔特街上的一间办公室内喝着矿泉水,玻璃明亮清澈,轻微嗡嗡响的空调使室内温度适宜。还有一盘饼干和葡萄,葡萄看起来很新鲜,饼干上撒满烘焙碎屑。房间里的一切都干净有序,男人们的指甲散发着如此红润的光泽,那是他以前从来没见过的。三个男人里没有一个人不友善，甚至连律师都不例外。尽管客套，但他们都很亲切，跟他说话时，好像他是他们中的一员似的。甚至有一次大家都由衷地笑了，那是在最后，在文件被签好后，所有人都站起来时……但也许本就只有他自己笑了，其他人并没有，他忽然不再确定了，也许靠着这个无缘无故、脱离所有情境的笑，他让自己彻底成了另外三个人早已认定的那类人：一个十足的白痴。

科斯蒂亚·瓦夫洛夫斯基把公文包和雨伞靠着桥栏杆放下。在圣母像的水泥底座上，用巨大的字母写着："神圣的玛利亚，请为我们祈祷。"他闭上眼，倾听自己的心跳。太快了，太快了，他想，那然后呢？他睁开双眼，努力让自己平静下来。卡伦山上方的天空一片黑暗。暴雨随时都可能开始。雨点马上就会落下，玻璃弹珠那么大的，沉重而温暖。雨滴会在沥青路面上爆裂开，在人行道上，在栏杆上，在圣母玛利亚的头上，伴随着沉闷的声响。他的目光落到公文包上。那是父亲送给他的，那时他还是个小伙子。现在公文包老旧了，皮革风化变薄。他得把文件保护好，那些四重签名和盖过章的文件。"但怎样保护呢？嗯？到底又为了什么呢？"他语无伦次地嘟囔着,向车道走几步,又折回来。"反正也太晚了。一切早就过去了……"在他身后,一辆卡车轰隆隆驶过,让桥跟着颤动起来。他站住,感受着自己急剧的心跳。在它停止跳动的那一刹那,在他体内寂静下去的那一瞬间,在第一滴大雨点像终于从无法承受的压力中解脱出来,落在满是灰尘的栏杆上,就在雨伞和公文包中间爆裂开时,他忽然有了一种可怕的认识——也许一切还为时不晚,他本来还可以反抗那看似不可避免的、映现在玻璃办公室内三个男人友好脸庞上的一切。他抬头看向圣母玛利亚。在眼前越来越浓密的雨幕之后,他看到,圣母玛利亚温柔微笑着向他俯下身来。他最后看到的是她怀里的孩子,头贴在她胸前,小胖胳膊向上伸着、笑着。

33

这样一场雷雨真是美妙。它冲刷掉了街上的污秽和灵魂里的忧郁。你这句话说得真好。就像是我有时候也能有个聪明想法。人就应该这样离开世界：在雷雨交加中，浑身湿透，脸被闪电照亮。你这个人向来有点戏剧化。在科斯蒂亚·瓦夫洛夫斯基身上就是这么发生的。第一，那不是真正的雷雨，不过是一阵骤雨；第二，他也没死。也就差点儿。如果救护车在来的路上遇到了堵车，那他就已经完了。我倒是想知道，他最后看到的是什么。人们说，有人在临死前会看到自己整整一生的画面——闪过。你就想象一下吧：所有的一切再来一遍，所有的痛苦、担忧、麻烦和困难。没有快乐吗？有，但是少数。谁知道呢，也许瓦夫洛夫斯基就只看到了云和云前几只乱飞的燕子。为什么偏偏是燕子？也可以是鸽子。真是个可怜人。脆弱，战战兢兢的，总是影子似的悄悄四处游走。可他让人感到内在有一种隐藏的温柔。一辈子都孤独着，在他的自尊、骄傲里孤独着，可他其实又是那么低调、讨人喜欢的人。他以前是纳粹，据说他在战后用管钳把他的纳粹十字徽章拧成了耶稣十字架。这说明不了什么，维也纳人里每两个就有一个是纳粹。不然人们那时都藏在哪儿？不论如何，他现在躺在床上，只能眼睁睁看着他们把他的家具搬走，连他屁股底下的床都得被搬出去。也不会那么快啦，毕竟还有法律，也总还有点类似于人性的东西。如果是关于钱，人性很快就没了。那这栋房子怎么办？他们要驱鬼。如果那些是好鬼呢？那也得驱。人怎么能欠那么多钱呢？因为他们一无所知。所有人都穿着熨烫整齐的衬衫，拿着金色圆珠笔跑来跑去，自我感觉很重要，却不知道他们早就在公文包里装着自己的灾祸四处奔走了。我还是为他感到难过，就算他以前是个纳粹。可他的心偏偏是在玛丽恩桥上碎的。那么美丽的一座桥，也带不来任何安慰。大雨降下，急流冲来，狂风刮起，撞击那房子，房子就倒塌了，并且倒塌得非常厉害。谁说的？《圣经》里写的。可怕。总是有什么在下落、沉没，或被夷为平地。人喜欢忙于毁灭。尽管我喜欢去教堂，但天主教从来不是我的需求。不然还能在哪儿找到这样的安静啊？外面是人声鼎沸、车水马龙和建筑工地，里面只有嘎吱嘎吱声和窃窃私语声。夏天时里面还凉快舒服。也许瓦夫洛夫斯基也应该去教堂的。如果其他一切都帮不上忙了的话。现在他只能带着一颗病弱的心脏躺在楼上，在一栋不再属于他的房子里，像一朵被踩扁的小雏菊。谁照顾他呢？每天早上有一个护理人员来，下午西蒙会给他端些吃的上去。真是最感人的事。尽管瓦夫洛夫斯基的暖气炉炸掉了他的三根手指。这跟现在又有什么关系呢，那是场意外事故，而且是多久以前的事了。肢体缺失在多少年后也还是缺失的，又不会失去时效。你有时候真是会胡说。当一切变得悲伤时，人必须保持内心的喜悦。没有比抑郁的老人更丑陋的了。宁愿愚笨，也别变得忧愤痛苦。我在三十年前就老了，现在我倒觉得，我一天比一天年轻了。那样好还是不好？好的是感激，你会感激葡萄酒依然好喝，感激身体还能喝，感激有能支付一切的退休金。那不好的呢？是越来越严重的梦幻感。没人再把你当回事了。我们再喝点吗？也可以回家了。我不像以前那样喜欢家了。我在自己家不再感觉熟悉安心了。我在陷入回忆时反而觉着自己到家了。那你至少还有些回忆。如果不是太感伤的话，我也想谢谢你。谢什么？一切，比如你的耐心。它也快没了。我即将去的地方，不需要耐心了。胡说八道，我再给我们点两杯。随你，但请用薄玻璃的杯子。它们在手指间显得那么精致，葡萄酒都立马显得更珍贵了。而且它们发出的声音也那么动听。好像玻璃质感的正午钟声。有时候人只能对你感到惊讶。至少那也是个特点。还没完呢。

34

信是在一个星期二的上午到的。一封装在浅蓝色信封里的挂号信,信纸厚实、雪白,有四份签名,加盖了含有淡红色的老鹰图案的印章:

尊敬的先生……在此友好地通知您……租赁合同……即将到期……土地登记册记录已由文件撰写人完成……合同标的物的交接日期详见另一封单独信件……本文件供您备案……谨上……

西蒙把信读了三遍,然后盯着信纸右下角用精致圆圈框住的小小老鹰图案看了好半天。内容并不让他感到意外。四个星期前,就在科斯蒂亚·瓦夫洛夫斯基从医院出院的当天,他就把西蒙叫到了身边。"我和这栋房子本来也没什么关系,"他解释道,"只是继承的,不是自己挣来的。现在房子不是我的了。我也尝试了,虽然能做的不多但我能做的都做了。欠债就像癌症一样,把人的生命一块一块地啃走。我基本不剩什么了。"

他躺在床上,被子一直拉到下巴下面,头发凌乱得像鸟窝。他不安地环视着房间,又说了一遍:"几乎没剩下什么了。心脏他们又给我缝补到一块了,现在我的胸腔里面装着两根小管子。外面阳光明媚,我却冷得像只落水狗。冬天深入到我的骨头里了。"

"咖啡馆呢?"西蒙问,"现在咖啡馆怎么办?"

"什么也做不了。"老人说着把被子拉得更高了,遮住了他一半的脸,"都是我的错,如果魔鬼因此来找我索命,也没什么可惜的。"

西蒙心里升腾起一阵愤怒。有一刻,他甚至有想把瓦夫洛夫斯基的自怨自艾闷到枕头下的想法。但这时,西蒙看到了他的双脚:瘦削,严重变形,脚趾残废,发黄的指甲长得开始卷曲。西蒙意识到,他不知道这个男人过着怎样的生活。他早饭吃什么?跟谁谈论自己生活里的事?他的头发稀疏花白,脸像是由发皱细致的纸做成的面具,眼睛微微发黄,相对于整具干小瘦弱的身体来说大了太多。

"他们在医院给你吃的东西够吗?"他问,"你看上去瘦了很多。"

"我不记得自己吃过饭。"瓦夫洛夫斯基说。

"你必须吃东西。至少吃一点面包什么的,你得保持体力。"

"反正我也不会活很久了,"瓦夫洛夫斯基说,"我不需要保持体力了。"

"我马上就回来,"西蒙说,"你在这儿等着。"

"你觉得我还能去哪里啊?"西蒙听到科斯蒂亚·瓦夫洛夫斯基虚弱的声音在他背后响起。他跑到咖啡馆,在厨房涂抹了两片厚厚的"奥地利面包",从玻璃罐里捞出几根腌黄瓜,煮了一壶加奶咖啡。他把所有东西放在一张托盘上,又端着托盘爬上七楼。他不确定,这些食物是否适合给一位心脏病病人吃,但至少病人能有些吃的。他坐在床边马上就看到科斯蒂亚狼吞虎咽地吃下面包和黄瓜,大口大口地喝着咖啡。对此他感到很开心。

"吃慢点,"他说,"不然你可能会吐的。"

"那就太可惜了,"瓦夫洛夫斯基说,"非常好吃。"

他咀嚼、吞咽、喝咖啡,咖啡从他下巴上流下来,滴到他的胸口和被子上。

"我去拿块布来。"西蒙说。

"都是我的错,"瓦夫洛夫斯基说,"魔鬼应该来把我带走。"

西蒙走进厨房,当他拿着几块餐巾回来时,老人已经睡着了。西蒙把餐具清走,轻轻把他下巴上的咖啡擦干净,把餐巾叠好放在枕头上他的头旁边。瓦夫洛夫斯基睁开眼,惊异地盯着他的脸看了片刻,又继续睡了。

此后西蒙每天中午都爬上七楼,带一些吃的上去,有时候也会带一份报纸。在一个星期六的上午,瓦夫洛夫斯基迎面走来。他换了一件干净衬衫,几周来第一次梳了头发。"顶楼热得像烤箱,"他说,"我去奥加滕花园走走。"西蒙差点想把托盘甩到他脸上;但在两个小时后,西蒙和米拉坐在空荡荡的咖啡馆,看到瓦夫洛夫斯基脸色苍白如石灰,被两个土耳其男人搀扶着转过施佩尔街的街角,慢慢拖着脚走过露台,最后,更像是被两个土耳其人抬着而不是架着,消失在房子入口，这时西蒙又对他感到了同情。接下来的几天，他在托盘的食品里总是会多加一个苹果或橙子。

在那之后的几个星期，西蒙弄清楚了两件事：他理解了，咖啡馆在他心里变得有多重要；但他也开始认清现实——一切都要结束了。他责怪自己，想如果他早点帮助科斯蒂亚·瓦夫洛夫斯基，或许还能避免房子被卖掉。在有些时刻，他又想干脆扔掉所有，永远地离开咖啡馆和这座城市。夜里他辗转在床上，考虑着出路，当他终于睡着后，梦到自己站在一座正在倒塌的建筑内，被砖红色的灰尘云雾包裹着，手里拿着一张自己描画的牌子，但不知为什么他看不清上面写的字。

西蒙又读了一遍信。然后他从厨房餐具柜里拿出来一张纸和一支铅笔，坐到桌前，开始写：

尊敬的先生们：

我写这封信是因为我在卡梅利特市场旁边的咖啡馆。

我说它是一家咖啡馆，尽管除了我没有人这样称呼它；

而我说这是我的咖啡馆，尽管在官方文件上它从来都没属于过我。十年前，这里是一个布满灰尘的破洞。现在，除了星期二，每天晚上都有人坐在这里，而这些人至少能有几个小时暂时忘记日常围绕他们的烦恼。这里很温暖，窗户在冬天是密封的，也总是有喝的；但最重要的是，当人们需要时，他们可以在这里倾诉，当人们愿意时，他们也可以沉默。我们这个世界旋转得越来越快，所以那些生活分量不够重的人，那些人中的某几个，有可能会被甩出轨道。

有这样一个可以让人们依靠的地方，难道不好吗？

也许现在您会想，那他们就该去别的地方，这些可怜的家伙，变化就是会带来痛苦，没有什么是永恒的等等。当然，您说得对。但我认识一些人，对他们来说，走到下一个街角都已经太远了；对他们来说，不是变化让他们疼痛，而是他们自己身体里的每一块骨头都会让他们疼痛，因为他们一整天都在建筑工地爬来爬去，或者弯腰弓背在机器前蹲一天，又或者只是因为他们太老或太虚弱无力或同时又老又虚弱。

但是，也许您根本也没往这个方向上想，只是疑惑，我想要做什么。老实说，我也不知道。如果请求您延长租赁合同是有意义的,我会这么做的。但我不这么认为。

唯一留下的……

他停下,把铅笔放到一边。阳光透过厨房的窗户落进来,有一刻,纸上的文字看上去好像开始起伏摇曳,像冬天多瑙河草地上有风吹过时的枯草那样。一只茶杯在桌布上形成了一圈浑圆的杯渍。他想到战争遗孀,想到他们那么久没在一起喝过茶了。人应该庆祝每一个时刻,她有一次就在这张桌子旁这么说过,毕竟人拥有的时间那么少。那是几年前了,在一个寒冷的冬日清晨,他们一起喝了茶,吃了老妇人前一天晚上自己烤的饼干。然后他就冒着浓浓大雪,走过空旷的街道去了咖啡馆,一路开心地期待着工作。

吵闹喊叫声从外面挤进房间。西蒙站起来,打开窗。街上有几个孩子正从学校跑回家。他们看起来像是从一个节日欢庆活动中回来。男孩穿着白衬衫,女孩穿着衬衣,头上系着彩色蝴蝶结。他们的漆皮鞋在阳光下熠熠发光。两个女孩用尖锐的声音激动地相互说着话,同时又那么自然地牵着手,并随着她们步履的节奏晃动着她们的手。

西蒙从桌子上拿起那张纸，团成一团，手臂远远挥开，把纸团甩到了街上，纸团滚了几米后，最终停在一个下水道井盖旁。孩子们有一刻像是呆住似的抬头望着他，然后笑着喊着跑走了。他的目光追随着他们，直到他们在马尔茨街的街角拐弯不见了。他最后看到的是在他们背上上下跳动着的书包，仿佛它们想要摆脱主人似的。

35

"我认为这个主意非常棒，"肉铺老板说着，把他的刀插进砧板，"一切以庆祝活动开始，一切也应该以一场庆祝活动结束。"

"我也这么想的，"西蒙说，观察着血从刀刃下流下来，在木板上慢慢扩散成一块深色的斑，"但我并不十分确定，毕竟这将是一大堆工作。"

他经历过很多场庆祝活动，但从没自己办过。普拉特公园里那些餐馆的庆祝活动，几乎毫无例外地最终会变为狂野的群殴混战,第二天早上需要动用整整一个队伍的年轻服务生帮工和清洁工才能清理打架造成的巨大破坏。但是在某些夏夜,好像有一种奇迹出于某个神秘原因降落在栗子树的深色树冠上。空气中弥漫着无意义的欢声笑语。当最后一缕白天的光线消失后,灯笼会照耀得更明亮更多彩,随着蓝色夜晚的降临,紧紧拥抱在一起、在嘎吱作响的碎石子上随着音乐旋转起舞的男男女女,脸上都挂着一种沉浸在幸福当中的迷离恍惚神情。

"那一点工作是值得的,"肉铺老板说,"而且根本也没那么多,你挂几个彩灯就完事了。参加庆祝活动时,人很容易满足。重要的是,有足够的吃的喝的。当然还有音乐,没有好音乐,就没有好的庆祝活动。"

"我去哪儿搞来好的音乐呢?"

"现在每个人家里都有一堆唱片。人们现在对这东西都很疯狂。"

他弯腰从铁盆里取出一大块牛肩肉,啪一声拍到砧板上。他用拇指轻轻地在肉上抚摸了几下,然后低下头,不再动了。

"怎么了?"

肉铺老板沉默着。西蒙观察着他垂下的头,稀疏的头发,红红的小耳朵,血淋淋的双手放在牛肩肉的两侧。突然,他的身体猛然一震,他挺直腰板,用他那水汪汪的孩子般的眼睛看着西蒙。

"又发生了。"

"什么?"

"啊呀,"肉铺老板说着,用双手在肚子前比画了一个向外凸出的动作,"你能想到了吧。"

"这怎么可能?"西蒙说,"你说过,已经过去了。不可能再怀上了。"

"我也是这么想的。以她现在的年龄,这是反自然的。但就是发生了。我能怎么办呢?"

"你从什么时候知道的?"

"几个星期前。她告诉我的时候,我第一时间的反应是,我得逃。我应该就这样开始跑,再也不停下来,你能理解吗?"

"我想我能。"

"但我没有逃,我留下来了。你知道,奇怪的是什么吗?"

"什么?"

"我现在很期待。"

他尴尬地微笑，耸起肩膀，然后又让肩落下。

"那太好了，"西蒙说，"那么我也为你高兴。"

"我想，多一个少一个也没区别，应该能照顾到所有人的。"

"肯定能，为什么不呢。"

"现在还看不出来什么，但是她说，她能感觉到孩子在肚子里转动。"

"孩子会转动？"

"尤其是在夜里，好像在空中翻跟头似的。一小阵颤动，小孩就已经转到头朝下了。"

"感觉一定很奇怪。"

"是的，但是她也不完全确定，也可能只是她的想象，她说，无论如何都是奇怪的。"

"她怎么样？"

"有些天，她和以前一样，帮着小儿子做作业，电视里出现有趣的事儿时会笑，也可能因为任何小事儿哭。然后，我会看着她，感觉我是第一次见她，就好像一个陌生人躺在我身边。这你得能想象才行：一个完全陌生的女人，在这么多年后。"

西蒙点点头。他想到自己的母亲，已经去世那么久了；想到战争遗孀，她好像也在慢慢消散；想到雅莎，那么突然地出现然后又消失了。

"我们过去喝一杯吗？"他问。

肉铺老板摇摇头，说："我得工作，不然也没人替我干。"

"我能给你把荷叶上上油，把螺丝拧拧紧，你的门会发出奇怪的声响。"

"不用，谢谢，"肉铺老板把刀从砧板上抽出来说，"我自己会做的。"

"好吧，那我就先走了。"

"我想，会是个美好的庆祝活动的。你可以打开窗户，客人可以在外面的路灯下跳舞。"

当西蒙在街上又转身看了他一次时，肉铺老板正深深地弯腰伏在那块肉上，一小刀一小刀地快速切割着。

36

庆祝活动在七月三十一日周六举行。罗伯特·西蒙喜欢这个日期,这是夏季的顶峰时期,是告别与新开始之间的未定状态,而且第二天是周日,客人们能睡个好觉。距离租赁合同到期,他也还有几个星期的时间,有足够的时间收拾、归置好一切。

在那之前的一周,他和米拉就开始在市场附近的街区分发纸条:

> *盛大的告别庆祝活动!*
>
> *星期六,七月三十一日。*
>
> *开始时间:18点。*
>
> *结束时间:最后一位离场时。*
>
> *地点:在我们的咖啡馆。*
>
> *无入场费。*

他们在赫茨曼斯基商场买了灯笼、纸拉花、灯串，还有高高耸起的、散发着香水香气的纸制插花，和只要有最轻微的空气流动就会飞扬舞动的、闪烁发光的、纤巧浮薄的小吊旗，一包有三串，共十七块半先令。米拉坚持要买五彩纸屑，她把能从货架上找到的纸屑全都抽了出来，用它们塞满了购物车。她想往地板和露台上都铺上一层厚厚的纸屑，人们的舞步会让它们不断扬起，形成彩色的小云朵。

"还有蜡烛，"她喊道，"我们需要高高的白色蜡烛。一切都要被蜡烛照亮。烛光会映现在客人们的眼睛里。你想象一下：所有的眼睛里都满是烛光！"

在活动的前一周，送货车就送来十七箱贡波尔茨基兴葡萄酒，三箱苦涩的香槟酒，和两箱甜的，两箱货运托盘的南施泰尔水果烧酒，还有额外的四桶啤酒。肉铺老板送来两桶新鲜猪油，水果蔬菜商纳夫雷切克送了一袋嫩洋葱，弗兰克·韦塞利拿来一个小型厨房冰箱，好为深夜的食物需求应急。上午米拉拿着擦地板布、刷子和扫把，把餐厅和露台刷洗得亮晶晶的。她把纸拉花挂在路灯和大门间，把灯笼挂起来，往吧台上、餐桌上、窗台上和门口左右两侧的地板上摆上蜡烛。中午，天空乌云密布，远处开始打雷。但不到半小时后，云层便散开了，太阳又光芒四射地出现在天上。

三点左右，库尔特·德沃尔卡克开着他的锈红色的雷诺4来了。他用了一个小时，把拆卸成很多零件的音响设备和唱片从后备厢里取出来，在吧台旁边的一张桌子上组装好。西蒙很多年前在金月亮餐馆认识的德沃尔卡克，当时他正为一位常客的生日庆祝活动负责音乐节目。他本来是燃气和水管安装工。战后不久，他因为缺少选择而加入了父亲的公司，但在父亲死后，他就卖了公司，把一大部分钱投资给了他的激情——音乐。他新增购的唱片装满了三个高书架，购置了玛格丽特街上索贝茨基电子音像店里能买到的功能最强的音响设备，定制了镶着亮闪闪的小圆片儿和水钻的白西装和与之配套的银靴子，从此顶着艺名"令人心碎的库尔特"在附近地区的市郊小菜果园的庆祝活动或养老院周年庆典上为人们提供音乐娱乐。

五点钟时他播放了第一张唱片，五点半餐厅里人就满了。西蒙把桌椅挪到了墙边，好让大家一会儿有地方跳舞，吧台旁熙熙攘攘，第一轮敬酒后，大家下午时分的理智清醒转化为了一种蠢蠢欲动的期待。所有人都把自己打扮得漂漂亮亮的，白色、浅蓝、明艳鲜黄的衬衫，缤纷的夏裙，蓬松的高盘发，露出晒成棕色的、有光泽的颈背。画家米沙戴着一顶宽檐礼帽，帽带上插着一根摇曳的孔雀羽毛。海德·巴尔托洛默把自己挤进一条淡紫色连衣裙里，她身材的长处随着她的一举一动每次都以全新的、完全意想不到的方式从裙子中涌冒出来。罗泽·格布哈特尔穿着蛋壳色的夏装，脸上的妆容花哨显眼，戴着一件在阳光下闪闪发光的金色装饰物。她在门口站住，环视四周一瞬，然后就径直走向在音响设备后闪耀着的"令人心碎的库尔特"。

傍晚慢慢降临。落在房子墙壁上的光变得金黄，从市场上传来卷帘门的嘎嗒嘎嗒声。餐厅里更满了，气氛更欢快，笑声更响亮，人们交谈的音调更高。逐渐商贩们也来了，他们中有些人已经尽可能地梳洗打扮过，有些依然在磨损的灯芯绒裤外穿着工作外套。几个年轻的女工像受惊的蝴蝶似的翩翩而至，一伙儿柏油路筑路工人欢呼喊叫着迎接了她们。

海德·巴尔托洛默突然站到了露台上。这位牛奶奶酪店女老板手里端着一杯满满的香槟，远远越过屋顶之上的目光迷离妩媚,开始随着歌曲《你是我最亮的星》扭腰摆臀。客人们仿佛刹那间屏住了呼吸,所有的目光都集中在她身上,然后海德向后一仰头,一口气喝完香槟,手臂一挥把杯子向她身后扔去,她后面一位谁都不认识的、上了些年纪的男士,飞身跃起去保卫杯子,以防它撞碎在"令人心碎的库尔特"的雷诺4上。"我接到了!我接到了!"他喊道,在挣扎站起来后,把杯子像奖杯一样高举起来。这一举动激起了大家自发的掌声,在掌声后,海德·巴尔托洛默把双臂举过头,开始像一个变形的陀螺一样以自己的身体为轴旋转。仅仅几秒后,露台上就充满了跳舞的人。室内音乐汹涌激荡起来,《你是我最亮的星》在令人不安的声音中熄灭,但随即就响起了《吻我,吻你的宝贝》。

庆祝活动现在正式开始了。

七点钟,肉铺老板挎着老父亲的手臂来了。所有把老人请到里面某张桌子前的尝试都失败了。他坚持站在外面的路灯旁,倒背着手,面无表情地看着眼前发生的一切。

"这样就行,"肉铺老板对西蒙说,"等一会儿天黑了,至少他会站在光里。"

还在日落前，西蒙就已经必须打开第三桶啤酒了；苦涩的和甜的香槟酒都还只有四瓶，李子、覆盆子和梨子烧酒都喝光了。西蒙高兴的是，至少贡波尔茨基兴葡萄酒和杏子烧酒他准备得足够多，能让他灌醉半个利奥波德城。

餐厅里的人们现在也跳起了舞。弗兰克·韦塞利和他的朋友布罗伊尔、普尔斯比兹尔、贝德纳里克都带着妻子来了，步伐僵硬、向前挺着腰把她们抱在身前晃来晃去，紧紧拥抱在一起的另外几对儿转着越来越快的圈儿，还有几个年轻的女子独自跳着舞，只是偶尔在某个男人的双臂中停留片刻，然后便马上笑着挣脱开他，继续独自摇曳舞动。

米拉用一条印花发带把头发紧紧梳向后面，这让她的外表多了几分干练。她把装得满满的托盘高高举过头顶，在舞池中的人群里为自己挤开路，并试着在人们舞动着的身体之间的混乱中保持平衡。有时她会坐在勒内的腿上，亲吻他——他双手交叉放在胸前，头后仰靠在墙上，坐在窗边。她用手指穿过他的头发，双手抚摸他的脸颊，然后又跳起来，继续她的巡视。

哈拉尔德·布拉哈喝得酩酊大醉。他让那只玻璃眼珠在桌子上滚来滚去，把它高高扔到空中，让它在众目睽睽下消失不见，然后又从那些略微感到厌恶的女士耳后像变魔术似的拿出玻璃眼珠。临近午夜时，他抓起一只细小的空烈酒杯，塞进眼窝里，然后站在椅子上开始发表演说。西蒙抓住他，把他拖到外面露台上，让他坐在人行道上，在那儿他背靠墙，半陷在常春藤中，睡着了。

《吻我，吻你的宝贝》播放了三遍，在最后一遍时，米沙和海德紧紧拥抱在一起，在街上左右摇晃着身体，浸满泪水的脸颊紧贴着脸颊，这一切都发生在依然站在路灯下的肉铺老板的老父亲的注目下，直到他被儿子轻轻搂住肩膀、推到吧台旁边。

"令人心碎的库尔特"把他唱片箱里所有的唱片都播放了：《再见，吾爱，再见》《玛丽，哦，玛丽》《吹口琴的男孩》《午夜曼陀林》《红玫瑰》《阳光恋人》《快活快活吱吱吱吱》——这首歌甚至直接被放了四遍，在最后一遍时几乎都听不清楚了，因为它被淹没在了醉醺醺的客人们的高声大合唱中。弗兰克·韦塞利坐在吧台上指挥大家，在这期间早已坐在"令人心碎的库尔特"大腿上的罗泽·格布哈特尔也用细微的声音哼唱着,甚至勒内都离开了他的座位去跟米拉在地板上跳了几步舞。海德·巴尔托洛默在米沙的怀里尖叫着,年轻一些的人们在外面像迷失的飞蛾一样在路灯的灯光下乱哄哄地欢舞着。

庆祝活动持续了很久,后来没人能说清具体是什么时间结束的。午夜过后不久有第一批人离开,其中包括肉铺老板和他父亲,最后一批客人是在灰色的晨曦中摇摇晃晃回家的。凌晨四点钟,《风中燃烧的爱》的尾音静下来,最后一对儿小情侣还缄默而疲惫地又转了几步,然后他们也停下来,手臂挽着手臂摇摆着向外面走进清晨里。"令人心碎的库尔特"抖落头发里的银线,把他的音响设备、唱片箱和罗泽·格布哈特尔放进他的雷诺4,然后极慢地开出利奥波德街。

"跟我想象的一模一样,"米拉说,她已经摘下了围裙,目光扫视着房间,"每个人都那么漂亮。"

"简直难以相信。"勒内说。

"现在都结束了。"西蒙说。

淡蓝色的光透过窗户洒入室内,没了客人、嘈杂和笑声,餐厅忽然显得很小。

"我的腿疼得要死。"米拉说,"感觉像全身的血都堵在脚踝上了。"

"我们要走了,"勒内说,"你一起走吗?"

"我再留一会儿,先粗略清理一下垃圾。"西蒙说,"不能让人背后议论我们咖啡馆。"

但他的担忧是没有根据的。没人抗议街边的玻璃碎片,或者那条细长的残余纸拉花。它就那么挂在路灯上哗啦啦地摇摆,直到被风吹走。没人抱怨那一层被踩实的、由湿纸屑、啤酒瓶盖和香烟烟蒂构成的覆盖物,没人埋怨混合了洒泼的啤酒和冷却掉的香烟烟雾的气味,那气味好几天了还能从开着的窗户一直飘到市场上去。甚至连画家米沙用涂抹了烟灰的手指在对面房子墙壁上画的名为"性别战争"的淫秽图画,也没有激起邻居和路人的情绪。

事实是:很快就没人再想起那场庆祝活动了。甚至连西蒙自己,当他后来回想起那个晚上时,能记起的也不过是几个模糊的细节。留下的,只是一种告别的感觉。在过去几年里,卡梅利特市场一带在逐步改变,即使这些改变中的每一步单独来看并没多重大;在后来,对西蒙来说,他认为这场庆祝像是一个几乎已经逝去的时代的火光再现——最后一缕明亮的、炽热的余火,从过去的迷雾中透来光亮。

老格奥尔格是最后离开咖啡馆的那批人里的一个。在最初的朦胧晨光里,他穿过海德巷,走过罗滕斯特恩街,来到普拉特斯特恩环路,从那儿向北,想走去多瑙河边。即使对他的酒量和饮酒习惯来说,他也喝多了,但是尽管万分疲倦,脚下的地面感觉像是厚厚的、松软的棉花团,他仍然觉得自己能再喝再闹很长时间。他也跳舞唱歌了,快到午夜时,他甚至还把年轻女工里的一位拥入怀中,跟她一起旋转了让他气短心虚的几圈。姑娘洁白光滑的额头和她头发里的香气像缭绕云雾一样迷蒙了他的头脑,让他差点失去平衡整个人扑倒在地面上——如果不是那个姑娘抓住了他的领子,把他推到了一个吧凳上的话。

他沿着瓦尔歇尔街走着,路上遇到几个迎面走来的赶去上早班的有轨电车工人,他们穿着制服,一言不发,低垂着头。沥青灰色的鸽子在屋檐雨水槽中醒来,咕咕咕咕地昂首走过窗台。他的大衣口袋里还晃荡着半升杏子烧酒,那是西蒙在与他告别时塞进他衣兜里的,他想靠着它等待夜晚完全消逝。他短暂考虑了一下——是否在墨西哥广场的公园长凳上躺下——但还是继续向前走了,穿过贸易码头大街,沿着多瑙河河岸顺着水流方向走着。在一个货船停泊处,他坐到一个斜坡上,背倚着一块加固河堤用的大石头,望着河流。在凯泽尔穆伦一带的建筑起重机后面,太阳正在升起,水面上的粼粼波光刺痛了他的眼睛。这时他才注意到自己醉得有多厉害。他把眼睛闭上片刻,感觉脚下的地面好像要滑走,整个空间要倾覆,让他坠进深深的空白。他从大衣口袋里抽出酒瓶,喝了一口,接着把头后仰靠在石头上。裹在大衣里很热,但是此刻的他太过疲倦,懒得脱下大衣。他眯起眼睛,汗珠挂在他的睫毛上,在阳光中闪烁着。他又一次感觉到,身下的大地好像在动,在下一刻,他就听到一阵低沉的轰隆声,紧跟着是震耳欲聋的咔嚓啪嗒声。他把酒瓶抱在胸前,尝试着站起来,却又跌了下去,便还是保持坐着不动。他把目光投向河上游——帝国大桥的桥墩刚刚还高高耸立的地方,现在水拍击着浪花,阳光折射在水雾和灰尘形成的光环中。桥不见了,只还有部分的车道从河水中斜穿出来。有轨电车的空中架线被拉散扯碎,垂入水中,露在空气中的电线上火星四溅。奇怪的是,就在河中央有一辆红色公交车,轮胎正被水流冲刷着。老格奥尔格眯起眼睛。在这阵嘈杂声后,他听到低沉的叫声,但他不确定,那是否是天空中四散飞开的海鸥的尖鸣。他感觉到胸口的酒瓶,和那下面他怦怦跳动的心脏。他想站起来,走去个有阴凉的地方,但是他太累太糊涂了。他又喝了一大口酒,放下酒瓶时,他看到,在闪烁的水汽雾团里,一个男人爬上公交车的车顶,在那上面把脸埋进双手里,一动不动地站着。老格奥尔格喝了最后一口酒,闭上眼,耐心等待马上就会在体内散开的温暖,当一切到位时,他大声地、带着些许强调地对自己说:"我的老天爷啊,那么美的一座桥,现在没了。"他决定不再睁开双眼,感觉到酒瓶从手里滑落,身体向后靠去,放开了手。

37

我一直渴望有一栋建在水旁的房子。不必是大海,老多瑙河的鹅山天然游泳场就足够了,或者在城外的特赖斯基兴①附近的任意一个人工湖。还有蜻蜓停留在水面上，好像被钉在空气中似的。我还是个小女孩时，很喜欢游泳。游泳时人感觉完全不一样，在水里每个人都漂亮。以前我们整个夏天都在阿特湖戏水度过，像鱼一样。从施托克温克尔游到塞费尔德，午饭前就游回来了。这可得使劲想象一下：我们去游泳前，母亲总是用大拇指在我的额头上画一个十字。她很替我们感到担心，但还是祝福了我们。我们没有告诉父亲。父亲不信任水。他总说："水不会原谅任何事情。"没有任何自然事物会原谅任何事情。从今天的角度来看，他是对的。那时候我没听他的。那时候我还足够愚蠢，还能感到幸福。今天我会问自己：这些年的岁月都去哪了。一切都变得悲伤了。一切都在消散，或倾塌，或以某种不体面的方式告别了。

至少墓地上是美的。那里几乎没有人，有一种独特的安静。当然，除了鸟儿。但是鸟儿可以为所欲为。它们爱怎么样就怎么样，或唧唧啾啾，或高声啼叫，但那里依然是安静的。只是如果路没那么远就好了。要乘七十一路坐半个小时，

---

① 位于维也纳以南约二十公里的小镇。

然后再用我那肿胀的膝盖走一刻钟。石子路在夏天那么白亮，让人眼睛生疼。但鸟儿能弥补这一切——鸟儿和花儿。人们给死去的人送的鲜花比给活着的人还多。真可耻。我最喜欢的花是小雏菊。这是一种谦逊的花，它不像玫瑰或风信子那样炫耀自己的美丽。我带了一小束花，放在一个玻璃花瓶里。她肯定会喜欢的。

然后一切都进行得很快。她不想让人在她的墓前讲话。有一次她说："在死亡面前没什么可说的。"我不这么认为。在我的葬礼上，要说话，最好还能唱歌。即使到时候我自己已经听不到了，可我依然希望有一首歌作为告别。歌曲会比墓碑留存得更久。

我怎么这么感伤呢？而我根本不知道，我为什么还活着。我从没这样请求过。那个声音我忘不了——泥土落在棺材上的声音，生硬又沉闷。夜里我还依然能听到。我几乎不怎么睡了。我只是躺在那儿，聆听我的回忆。回忆不总是愉快的。有一次她对我说："我期待明天，仅仅是因为那不再是今天了而已。"就是在这儿的桌子旁。下着蒙蒙细雨，西蒙给我们撑开了伞。我也不知道，为什么现在会想起来这些。

无论如何，最后发生了点儿好玩的：其中一个掘墓工人绊了一脚，坐到了新鲜的泥土堆上。大家能看出来，他费力忍着笑。这很可惜，一点笑声会让仪式更有意义。他只是站起来，继续挖土，好像什么都没发生过。但肯定没挖很久，因为墙后面已经有一台小挖掘机了。然后我就又乘车回家了。我没有哭，我早已经没有眼泪了。人老了会逐渐干枯。一切都开始剥落、破碎，最终只剩下一抔尘土。人没什么神奇的。

这不奇怪吗？我爱她，之前却不知道。但我现在知道了。人总是不合时宜了才知道一些事情，有时候永远都不会知道。

我看到了，您得去工作了。谢谢，谢谢您听我说话，米拉。人一旦开始自言自语了，就快了。您再给我来一小杯红酒吧，它在阳光下看着是那么漂亮。

38

清新的微风带走了城市的潮湿，太阳像烧红的铁皮圆盘一样挂在蓝蓝的天上。咖啡馆里笼罩着一种不安的紧张气氛，就像人们在长途旅行前或结局未知的分别前偶尔会感受到的那样。麻雀原因不明地消失几天后，在现在刚刚傍晚的时分，又让常春藤不停地、窸窸窣窣地动了起来。客人们的谈话几乎都围绕着帝国大桥的倒塌。每个人都有自己的看法，报纸上满是关于这场灾难的故事，关于草率浇筑的混凝土，淬炼过快的钢，关于政客、城市建筑监督部门和工程师的责任与过失。这次的坍塌奇迹般地只有一人死亡：一位年轻的汽车租赁公司的司机开着他的旅行车在上班的路上，被大桥残骸拉入水底，一直到几天后才被打捞出来。另外四个也在一大清早就出现在桥上的人，其中包括那辆停留在多瑙河中央的公交车的司机，均在惊恐中幸免于难。政府马上组建了各种委员会和危机处理小组，调来了成群的专家。市长利奥波德·格拉茨提出自己可以引咎辞职，但后来又决定还是留下继续任职，而其他人都不得不离职。在事故发生仅仅两天后，他们就决定了要重建大桥，与此同时，为了缓解交通压力，临时桥梁的修建工作也开始了。

  作为为数不多的目击证人之一，老格奥尔格也被询问了。警察在河下游大概一百米的岸边发现了正在熟睡的他。他的证词并没什么用处。他只是说，有那么剧烈的"砰"一声响，当时他确定"这会把整个城市从中间撕开"。

客人们讨论着大桥的技术特征，尝试重现它最后几个小时所发生的一切。真的只是不利的天气、水流和温度影响，以及一个桥墩底座里的混凝土的"蠕变"导致了大桥坍塌吗？还是有完全不同的、更强大的影响，而它们被保密、隐瞒、涂改或掩饰了？还沉浸在"令人心碎的库尔特"的雷诺4的装满唱片箱的后座上的艳遇里的罗泽·格布哈特尔认为那些愚蠢无边、自视过高的政客应该对灾难负全部责任："把城市从内部掏空的人不应该对此感到惊奇的。迟早有一天城市都会沉没，帝国大桥只是开始，很快就轮到圣史蒂芬大教堂，然后就是霍夫堡宫殿，最后连我们屁股底下自己的客厅都会完蛋。"

罗伯特·西蒙像往常一样做着自己的工作，当有人问起他对整个事件的看法时，他只是耸耸肩。他一生中仅在帝国大桥上走过两三次，这之外就没想过关于这座桥的事。直到几天后，他走到多瑙河岸边，在一群看热闹的人里观察一台专门为此搭建的浮动起重机把公交车捞出水面，拉到岸上。

其中一个工人站在水淹到膝盖位置的车道上，高举起双臂，像指挥家似的在空气中挥舞着胳膊。然后，起重机在震耳欲聋的吱吱嘎嘎声中游动起来，慢慢地向着安全的河岸颠簸而去，河岸上其他的工人已经在等待收拾、整理公交车，好让它进入下一步的运输。人们欢呼尖叫着。西蒙身边的男人开始哭泣。当他问起原因时，那人说他哭是因为老奥地利已经永远地、永恒地消失了。也许更好的时代就要来临了，他说着，大滴大滴的泪流下脸颊，但是好时代也是另外的时代，必须得先适应才行。

在回咖啡馆的路上，西蒙绕了一下弯路，在塔博尔电影院旁的一家小店里买一束鲜花。那是一束繁茂、多彩的花束，有洋甘菊、薰衣草、翠雀花，中间还有两朵鲜艳的大丽花，系着一条闪亮的丝绸缎带。他怀里捧着鲜花走向塔博尔大街时，路人都对他微笑着，好像他们在祝贺他要为某个人带来快乐的决定。

他把花束给了米拉。她正在吧台前，坐在哈拉尔德·布拉哈旁边，清点上一周的小费，并把它们放进一只大信封里。

"谢谢，"她说，"为什么呢？"

"一切。"西蒙说。

"花真漂亮。"

"卖花的女士说,放两指宽的水就够了。不需要更多,否则花会淹死。最好用雨水。但雨水毕竟不是随时都有的。"

"我把它放到花瓶里,也许能让花朵开得久些。"

"然后你可以把它带回家。"

"嗯,也许我会带回去,"米拉说,"谢谢。"

"那我现在该去哪儿呢?"哈拉尔德·布拉哈说着,用他的那只好眼充满敌意地盯着米拉怀里的花束,"对像我这样的人,不再有地方能去了,哪儿都没有。"

"我们当中没人还有地方能去,"弗兰克·韦塞利从牌桌那边大喊道,"都是那些投机倒把的人的错!"

"就是,"布罗伊尔往桌子上甩着牌说,"都是些投机倒把的人的错。"

"普拉特斯特恩那边刚开了一家新酒馆,可以去那儿。"一个坐在邻桌的男人说。没人知道他的名字,他在一周前才第一次出现在咖啡馆。

"有人能叫他闭嘴吗?"韦塞利说。

"我来吧，"已经一个小时一言未发的普尔斯比兹尔说，"但也许他自己就能明白了。"

"我什么都没说啊。"邻桌的男人说。

"那是我的耳朵有问题？"韦塞利说。

"别理他，"贝德纳里克说，"他愿意去普拉特斯特恩就让他去吧。"

"对，"布罗伊尔也说，"我们继续打牌吧。我今天手气真好。"

当西蒙后来回想起这段时间，感觉像是至少来过咖啡馆一次的、所有顾客的一场无止境的游行。所有人都最后来了一次，来告别，哪怕只是一个无言的、未说出口的告别，最后一次举杯致意，一个点头，一次在门前匆忙的挥手问候。

令他自己惊讶的是，他没有感到一点儿悲伤。也许他只是太累了，累到无法悲伤。夜里躺在床上时，他等待着，难道不会有什么类似淡淡的忧伤或至少是离别的苦楚的感受在他心里升起？但他一闭眼就睡着了。有时候他会在工作中停下来，深深地叹息一声，但每次他又觉得很可笑，为没有人看到或听到而感到高兴。

有时他会想到最开始的时候，想到像黑色面纱一样从吧台后升起的那群苍蝇，想起新鲜打磨过的地板和粉刷家具时让他的感官朦胧的蒸汽的气味；想到米拉出现的那天，卖潘趣酒的第一个冬天，还有他的白色手指——消防员在炸碎的金属片里找到它们，用一块手帕包起来，再被闪着蓝光的消防车送到医院；他想到米沙和海德，不幸的阿尔尼·斯特扬科，遮阳伞下两位女士明艳的脸，在下班回家的路上来喝一杯啤酒或咖啡的灰头土脸的疲倦男人，还有捧着死鸽子的雅莎。

一天下午，他坐在吧台前喝着覆盆子苏打水，当他的目光扫视空荡荡的餐厅时，他注意到了在过去十年的辛苦劳累中所忽视的：咖啡馆变旧了；光线昏黄，灰尘飞舞在空气中；吧台和桌面上像老男人的皮肤一样布满斑点和褶皱；桌子下面的地板几乎变成黑色的了，门旁边的地板开始弯曲；窗玻璃暗淡混浊，窗台板上长出了一片片圆形的苔藓。

还不到十年，咖啡馆就变成了这样。一位普拉特公园里的老餐馆主人曾经对他说过："在我们这一行，时间比在其他地方过得都快。"那时候，他的脸上还长着柔软的绒毛，穿着过于肥大的厨房围裙，费力地从路面石子里捡着烟头。如果可以相信一些女人的眼光的话，他把自己保养得很不错，但是他累了。他注意到自己有多么需要周二来好好休息，而从最近几个月，他开始怀疑，每周一天休息日已经不够了。他的脚踝疼，早上关节僵硬得几乎起不来床，而且每次他弯腰到吧台下时，都感到一阵刺痛，好像有人将一把匕首插入他的腰骶似的。这样也好，他想，应该在还有力气开始新事物时，把现在的事情做完。

最后一天匆匆流逝，罗伯特·西蒙几乎没感觉到它已经过去了。没有任何一位常客露面，他暗自对此感到高兴。他认为，一切都说完、做完了，告别已经完成了，任何多余的话，任何一次尴尬的、持续有些过久的握手，都有可能最终还是唤醒藏匿在他内心某处的悲伤。中午，几个市场上的客人来喝了杯咖啡或一小杯啤酒。两个土耳其男人点了苏打水，刚一坐下就开始气势凶猛地大声讨论，其中一位一再用手掌拍打着桌子，另一位显然是第一位的父亲，他示威性地交叉双臂抱在胸前。一个身穿运动服的男人飞快地连喝了三杯葡萄酒。另外一位男士，两个小时就守着一杯水，研读着报纸。

后来，肉铺老板过来了。他坐到露台上，把腿伸展开，在夕阳下发着红润光泽的双手放在肚子上。他像惯常一样用肥皂清洗了双手，用刷子清除掉指甲下的污垢和血渍。

"你愿意的话，明天就可以开始在我们这儿工作，"他对西蒙说，"我们这儿总是有事情要做的。"

"我知道，"西蒙说，"你想喝点什么吗？"

"一杯啤酒。"

西蒙倒了两小杯白啤，坐到朋友身边。他们喝着啤酒，露台上有令人惬意的安静与阳光。

"你父亲怎么样？"西蒙问。

"庆祝活动后他在床上躺了两天。现在他又站在家门口了，观望着街道。我觉得他是不死的。"

"是，"西蒙说，"这谁知道呢。"

他们沉默着坐了一会儿，观察着影子慢慢爬上墙壁。

"我想，现在我该走了，"肉铺老板说，他把啤酒喝完，站起来，"保重，西蒙。"

"好，"西蒙说，"保重。"

快傍晚时，来了一群打扮漂亮的家政学校的女学生。这些年轻姑娘们来庆祝她们其中一位朋友的订婚。她们乱糟糟地谈笑着,声音响亮且活力四射地回荡在整条街上。她们每个人都喝了两杯葡萄酒,还不到十点,她们就像在一声号令之下整齐地从椅子上跳起来,肩并肩形成宽宽的一排,走向市场,然后在暮光里消失在市场孤寂的摊位之间。

那之后就没有人来了。西蒙擦拭掉遮阳伞上的污垢,把伞裹进一张塑料膜里,倚着墙放在里面的门旁边。他把地板扫干净,往露台上泼了三桶水。米拉拿着布巾擦桌子,并清洁干净撒盐瓶和烟灰缸。他们一起刮掉吧台上的蜡,清洗了水槽,把家具堆放在餐厅中央——就像西蒙在十年前看到的那样。

"今天是星期几?"米拉问。

"星期一,"西蒙说,"明天休息。"

"很好,"米拉微笑着说,"我累了。"

他从裤兜里掏出一个信封,放在吧台上。

"并不多,但你可能用得上。"

"谢谢,"米拉说,"我肯定用得上。"

她把信封插进衣服口袋,摘下围裙,把它叠成一个小方块,然后看着西蒙。

"千万别送我到门外,"她说,"那只会让一切更悲伤。"

"不行,"西蒙说,"我得送你。"

他们走到外面,天已经暗了,随着轻轻的咔嚓一响,路灯亮了起来,把露台笼罩在惨淡的灯光下。随处可见的窗户里都闪烁着电视机的蓝光。

"我把蜡烛和后面的清洁用品装到一起了,"米拉说,"那儿还有几条围裙,我从来没穿过。你应该把它们带走,不然可惜了。"

西蒙点点头。

"还有,记得关厨房的通风口,不然老鼠就进来了。我刚才忘了。"

"进就进吧,这儿什么也找不到了。"

他的声音变得嘶哑,他不太确定地向着街的方向走了一步,又停下来,转向米拉。

"你们接下来做什么?"

"我不知道。也许,最开始几周什么都不做。勒内不想回碰碰车乐园工作,他一直在说美国,这个念头根本抹不去。

但我在想这意味着什么,美国……"

窗户后面反复响起笑声和掌声,之间是第二频道新闻播报员单调的声音。

"真蠢,"她说,"我现在要走了。"

米拉穿过马路,向南走到克鲁姆鲍姆街,勒内在那里的拐角处等着她。有一瞬间,她看起来像是要被他巨大的身影吞没了。两人短短地拥抱一下,勒内挥了挥手,然后他们沿着路走下去,再也没有回头。

西蒙走回咖啡馆,把放空瓶子的饮料箱垒起来,关掉水龙头,拧出保险丝。在电闸箱上贴着一张沾满尘土的纸条:三杯葡萄酒/白,无其他。他把纸条收好,走进厨房,去关通风口。他不需要开灯就知道那个小操纵杆在哪儿。他让清凉的气流在他脸上吹了片刻,然后关上闸门,走回餐厅。他环顾四周,路灯的灯光透过门和窗户投下黄色光块儿,落在地板上。没有了家具,一切显得小了很多。他想,是怎么可能在这么小的房间里接待那么多客人的,尤其是当咖啡馆很满的时候,在生意火爆的集市日,或者在某些寒冷的冬季夜晚。他站在那儿片刻,倾听着寂静——在墙壁里面的,在柜台后的影子里的，在开着的厨房门内的。然后他从挂衣钩上取下夹克，离开了。

39

罗伯特·西蒙腋下夹着一个小纸盒，双手插在裤兜里，沿诺德韦斯特巴恩街走着。这是凉爽的九月的一天的上午十一点。三个星期前，他把咖啡馆的钥匙还给了科斯蒂亚·瓦夫洛夫斯基，从此便再也没在卡梅利特市场露过面。他走过曾经的铁轨设备前的闲置地，拐进一条狭窄的侧街。在街角的一家小店里，他买了一份报纸和一盒夹心巧克力，然后继续前行，经过建筑基坑，走过破败的出租公寓大楼，路过社会保障房——这些居民楼的窗户和阳台前都摆着鲜艳的红色天竺葵。他在一座有着现代化玻璃幕墙的三层小楼前停下，用手指梳理几下头发，系上衬衫最上面的扣子，转过旋转门，走进灯光明亮的门厅，门厅里一个身穿灰色制服的门卫坐在办公桌后。

"上午好!"西蒙说着,把报纸推过桌面给他,"这儿有给你读的东西。"

"你真好,"门卫说,"但是,如果我读报纸的话,本来就已经很漫长的一天,就显得更长了。"

"至少看看比赛结果。"

"我在广播里已经听到比赛结果了。等结果印到报上,就已经是旧闻了。"

"维也纳队输了。"

"维也纳队总是输。这不需要查看报纸。"

他们每个星期六都玩这个游戏。门卫会读报纸,他会研究比赛报道和球队阵型,然后会玩最后一页的填字游戏。

"她准备好了,"门卫说,"你可以上去了。"

西蒙穿过门厅,沿着楼梯走上四楼。他走过一道长长的走廊,各种声音和音乐传进走廊:广播声,咳嗽声,拖着脚走路的脚步声。走廊最后面,有一扇门敞开着,他走进有十张或十二张桌子的房间:墙上挂着古老的城市风景画,屋里有一个放蛋糕的玻璃柜,还有一个放着杂志和一堆羊毛毯的小柜子。在一扇窗前,背对着房间的门口,坐着战争遗孀玛尔塔·波尔。她的轮椅被放置的位置让她不用直视阳光。她的上身微微前倾，双手放在大腿上，脚上穿着厚厚的羊毛袜。她的眼睛睁着，目光投向外面。西蒙拿起一条毯子，盖在她肩膀上。他触碰到她时，她的手指颤动了一下，还发出一声几乎听不见的叹息。

"早上好，"他说，"您怎么样？"

老妇人缓缓向他的方向转过头，用不解的眼神看着他。

"我给您带了点东西，"西蒙说着，把小纸盒和巧克力放到她的膝头，"巧克力和两件睡衣，我昨天从洗衣店取的，那儿的女士说，它们有紫罗兰的香气。"

老妇人看着这些东西，仿佛从很远的远方回来了片刻。她把嘴巴撇成一个短暂的微笑，然后她的目光就又滑走了，四处游离了一会儿，最终停在外面的某个地方。

西蒙观察着老妇人。几个星期前他还以为当自己跟她说话时，她会看着他。那时候她就已经不说话了。他还记得她说的最后两句话："是我干的……千万别告诉他们。"那是在两个多月以前，他从没弄明白过，她说那些话的含义。

房间里几乎完全是安静的，只是有时隔壁房间的声音会传过来。一只苍蝇嗡嗡地撞着窗玻璃,下面的街上有一辆汽车呼啸而过。能听到从远处传来的一阵轻轻的隆隆声,天上聚起了深灰色的云。

"我喜欢秋天,"西蒙说,"炎热渐渐散去,一切都那么好闻。我感觉好像整座城市都散发着泥土的气味。"

老妇人闭上眼睛。他想起他们认识的那一天:她的目光盯在他后背上;明亮的小房间里窗台上放着的陶瓷舞女。也许他下次应该把它们带来,用纸把它们包好,或者用更好的,用他的一件旧毛衣。

"要是冬天不总是随后就来就好了。"他说,"处理雪就很不容易,还有爆裂的窗户密封条,以及地板上不断被踩踏出来的污迹。我今年得往门前放个擦脚垫,用马毛做的,或者类似的材质。如果客人也会用的话……"

在透过窗户洒进来的光线中,她的脸看起来比之前柔和,好像她在每一个瞬间都在变得更加年轻。

"今年冬天会很难熬,"西蒙接着说,"我敢肯定。我能感觉到:在原来是我的手指的地方,有那么一种抽痛。可真是奇怪,为什么人会感觉到根本不再存在的东西呢?在公寓里也是这样：有时候夜里我能听见您的呼吸声，然后有一瞬间我会以为您就躺在自己的床上睡觉。"

他用手掌拇指根部摩挲着断指残端。"真奇怪。"他沉思着重复了一遍，"不过，冬天也有好处。夜晚更长，这对店里的生意有益。很快我们就又要开始卖潘趣酒了。已经有客人在问了。"

老妇人皱起脸，好像她感觉到了疼痛似的。她的嘴唇干燥开裂；眼睑发红，上面布满紫色的毛细血管；眼睛在眼睑下来回转动。

外面开始下起了毛毛细雨，闪闪发亮的水流沿着窗玻璃流下。在街对面一扇开着的窗户内，风吹鼓了一片白色纱帘，看起来好像是窗帘后面的房间在呼吸。

"我又该走了。"西蒙说。

老妇人静静地坐着，呼吸平静，眼睛也不再转动。

"下次我给您带大衣来。"他说，"领子软软的那件。到时候我们坐到阳光下，我给您讲咖啡馆里的事。"

他把毯子再次拉过她的肩膀，然后匆匆转身离开。在走廊里，在各种被压低、减弱的声音之间，他感到悲伤沮丧，但当他沿着楼梯往下走时，呼吸就已经自由了许多。有些什么——但他不知道那到底是什么——开始在他的内心脱落，就像一块泥土慢慢从岸边滑落，被水卷走一样。

"你今天的拜访很短暂啊。"门厅里的门卫说，"但比没有好。"

"你们该开暖气了，天冷了。"

"总是这样，他们总是能省就省。但我会转达的。我们下周见？"

"嗯，"西蒙说，"下周见。"

他向门卫点点头，走过旋转门，到外面的街上，此时雨正柔和而密集地从天空落下。门卫从他办公桌后的座位上向外望着，看见他向左走了几步，犹豫不决地停了一会儿，然后转过身，朝相反的方向走去。这之后，门卫打开报纸，舌尖嘬在牙齿间，开始慢慢解字谜。